Je vis avec les mains d'un autre

Denis Chatelier

神さまがくれた手

奇跡の両手移植

ドニ・シャトリエ

蒲田耕二 訳

清流出版

刊行に寄せて

世界初の両手同時移植などという医学の大胆な実験は、集団の力がなければ実現できるものではない。患者はあらゆる意味で、その集団の中核をなす。ドニは、そのことを最初から理解していた。すっかりスタッフに溶け込んで手術の前も後も医師たちの会議に毎回出席し、すべてを包み隠さず告げられた。会議は有意義だった。それによって彼は自分の状況を客観的に把握し、免疫抑制治療を適宜修正する必要や、時に苦痛を伴う種々の検査の必要をよりよく理解し、リハビリの拘束を進んで受け入れることができた。自分の耐える苦しみが自分のためになること、自分の体験をつうじて集められるデータが将来の移植治療に役立つことを、ドニは知っている。

彼の参加は、スタッフにとっても好都合だった。ドニは自分自身、潜在的な不安を抱えながら、それを抑えてスタッフの気分を楽にしてくれる力がある。この革命的な医療につきまとう明日への怖れ、どんな結果が出るか分からない不安はかつてなく大きく、実施を躊躇《ちゅうちょ》させた。手術のリスク、予測不可能な技術的課題、術後に発症しうる合併症、拒絶反応、拒絶反応抑制処置の無効、移植技術の不備や大脳皮質におけるイメージ回復の不足に起因する機能不全など、不安材料は無数にあった。危険な初期段階を過ぎ、手術がうまく行ったかに見えても、慢性的拒絶反応と移植片の耐用期限という問題は残る。こうした不確定要素に加え、移植された手を同化させようと患者が悪戦苦闘する姿を見るのは胸が痛むものだ。患者は絶えず移植された他人の手を目にし、その手で日常生活のさまざまな動作をこなすのである。さらにメディアのプレッシャーと、自分の意のままにならないコミュニケーションの強要にも耐えなければならない。

そう、手術直後の数日間、数週間、いや数か月間、ドニとわたしたちを次々に襲った試練を彼は雄々しく克服し、そうすることによってわたしたちを助けた。彼の流儀で、彼の勇気で助けてくれた。わたしの胸をとりわけ打つのは、あの弱さと強さの混合だ。彼が恥じらいながらも正直に語った非行のエピソードが、人間的な弱さを物語っている。一方、強さは、あらゆる障害を乗りこえる支えになった信仰心だ。おそろしい事故に遭いながら、普通なら思いもよらない回復への道を彼は信仰に導かれて見出した。それを一概に、単純、幼稚と斬り捨てることはできない。ドナーが見つかるまでの長い時間、術後の長いリハビリ中、信仰は彼を支えた。いまも彼の支えになっている。

ドニは、普通の人生に復帰した。彼が職に就いた日のこと、妻アニックと出会った日の幸福を思うと、わたしは胸が熱くなる。

彼の社会復帰こそ、その治療にたずさわった人々、とりわけ家庭医の模範というべきフィリップ・アンリや、リヨンのみならずミラノからロンドン、シドニーまで世界の医療スタッフが連携したネットワークに対する最高の報酬である。

ジャン＝ミシェル・デュベルナール

序

　ドニ・シャトリエの周囲には、限りない優しさと稀有なエネルギーのオーラが立ちこめている。数奇な人生を送ってきたこの男は、何よりもまず熱意と善意の人である。短躯痩身、黒髪と黒い瞳の彼はしっかりと地面を踏みしめて歩き、ためらいなく握手の手を差し出す。胸元のメダルと黄金の十字架が、彼の篤い信仰を物語っている。腕力は強く、物腰に迷いはない。みずからの体験を彼は地球上のあらゆる障害者に知らせ、彼らの希望になりたいと願っている。両手を失うということは、たとえようのない災難なのだ。だから、それを取り戻すことは、たとえようのない幸せである。金には換えられない贈り物である。

　ドニ・シャトリエは、勇敢だった。前代未聞の手術に踏み切り、世界で初めて両手同時移植を受けた人になった。「普通の」市民に戻るために不安を克服し、生命の危険を冒し、おそらくは死ぬまで続く術後処置を受け入れ、自分の力の限界を押し広げた。

　揺るぎない信仰と生への強い情熱が、彼を現代のヒーローにした。かつてのコソ泥がいまでは聖地ルルドの警備員になり、彼自身4年にわたって祈ったように、病と障害の治癒を聖母に祈る傷病者たちを助けている。

彼は無論、ドナーとその遺族のためにしばしば祈る。しかし、他人のものだった手について疑問を抱くことは、めったにない。その手を彼は、すでに自分のものにしている。それは、彼の手なのである。手は自活能力をある程度、回復してくれた。その手を彼は慈しみ、大切にしている。あれから8年たったいま、手術の成功が確定した理由は、おそらくそこにある。

移植手術とは、単に障害を救済することなのだろうか。いずれにせよ、ドニ・シャトリエはこの経験をつうじて別人に生まれ変わった。市民としての責任を、より明確に自覚した。いまでは他人とも、より親しく打ち解けるようになっている。

アンヌ・デイヴィス

神さまがくれた手

——奇跡の両手移植

目　次

装丁・本文設計＝松岡史恵
カバー・表紙画＝村田善子

神さまがくれた手

——奇跡の両手移植

目と同じくらい大切な宝物、わたしの新しい手。美しい手だと思う。

夜の闇をついて救急車が走る。若い男が車の事故を起こして死んだ。急げ。ドナーの手を移植するには、その死から20時間以上、間《ま》を空けてはならない。デュベルナール教授の電話がわたしの携帯に掛かってきた瞬間、わたしは何か月も前から用意してあったバッグを引っつかんで救急車に飛び乗った。医療スタッフの待つリヨンへいつでもわたしを連れて行けるよう、ロシュフォール市の救急車が待機していてくれた。バッグの中にはルルドの聖母像と聖水を入れてある。

人生は不思議だ。2000年1月12日のその夜は、わたしが事故に遭ってからちょうど4年目の当日だった。わたしの両手を手製のロケット弾が吹き飛ばしてからの4年。悪夢の4年。神様がきっと両手を返してくださると信じ続けた4年。わたしはその間、懸命に祈り続けた。

道路の両側に街路樹が次々現れる。霧氷をまとって、幽霊の行列のようだ。過ぎ去る時が、無限に思えるほど長い。ジャンパーの襟《えり》を立て、首を埋めてわたしは義手を眺めた。明日には、こいつともおさらばだ。運転手は、重い空気に圧されて一言も発しない。わたしは、しゃべらずにいられなかった。

「急いでくれ。移植手術を受けるんだ。両手の同時移植は、世界で初めてなんだよ！」

ロシュフォールからリヨンへの道は、果てしなく遠い。心はエドゥワール＝エリオ病院へとはやる。わたしは、子供たちの顔を思い浮かべた。とりわけ、わたしの義手におびえ、頬をなでてやることも手を取ってやることもできない末の2人のことを思った。この世界初の手術に伴うリスクのことも考えた。万一わたしが命を落とした場合、子供たちにすれば、手のない父親でも、いる方が孤児になるよりはましなのではあるまいか。

ようやくリヨンに到着し、病院へ至る大通りに入った。病院には1年前から何度か通い、入り口に立つ4本の灰色のコンクリート製角柱も、すでに見慣れている。1月の寒い夜更けに、病院は暗く静まりかえっていた。3階建てと4階建ての建物は、眠り込んだかのようだ。わたしを待つ移植手術棟だけが沸き立っている。午前3時だった。

事故以来わたしを看てくれた一般医のフィリップ・アンリ先生と、1998年にニュージーランド人のクリント・ハラムに世界初の手の移植を実施し、今回の国際的な医療チームを組織したジャン＝ミシェル・デュベルナール教授が出迎えてくれた。移植手術や形成外科、マイクロサージャリー（顕微手術）など外科の専門医が合わせて18人、麻酔医が4人、待機していた。そのほかに看護師がいた。結局、手術室と移植片を用意する部屋とで計50人ほどの人々が活動していた。

1月13日の午前6時、わたしは手術室に入った。手術の一部始終を撮影し、やがてわたしのドキュメンタリーを制作することになるマイケル・ヒューズ［イギリスのドキュメンタリー作家］が医療スタッフの一員としてその場にいた。手術室の中でも撮影されるとは知らされていなかったので、わたしは彼の姿を見て動揺した。精神科医のビュルルー博士が、改めてわたしを落ち着かせてくれた。

麻酔医の女性がわたしに近づいてきた。

「じゃあドニ、義手にさよならする？」

「もう見るのも嫌だ。黒いゴミ袋の中に片づけてください。たしかにわたしを助けてくれた道具だが、明日にはわたしの両手がよみがえるのだ」

無影灯の青い光がわたしの目をくらませる。手術の準備が手早く進められていく。わたしは18時間の眠りに落ちていった。不安はなかった。大船に乗った気持ちだった。

1

祖母の家

1966年10月14日、シャラント＝マリティーム県のサン＝ジョルジュ＝ド＝ディドンヌ［ボルドー北方92キロのジロンド河口にあるビスケー湾岸の町］でわたしは生まれた。母のモーリセットは石工のルネ・シャトリエと結婚し、わたしが生まれたとき、すでに4人の子持ちだった。当時5歳のクロテール、4歳のフランス、3歳のジョゼ、2歳のジャン＝ギーが、わたしの兄と姉だ。

わたしは、母がルネとは別の男性とのあいだにもうけた子供なのだが、わたしはシャトリエ姓を名乗った。生まれたとき、母がまだルネと離婚していなかったからだ。

わたしの誕生で、離婚が早まった。母は旧姓に戻る踏ん切りをつけ、5人の子供を連れてわたしの祖母アリスの家に移ることにした。祖父はそのころすでに亡くなっており、わたしは彼の顔を見ていない。

祖母アリスはロワヤン［サン＝ジョルジュの隣町］近郊シャトラールのアマンディエ通りに、樹木の茂る庭を備えた大きな家を構えていた。庭つきの家が並ぶ、気持ちのいい一画だ。祖母は庭で野菜を育て、鶏とアヒルを飼っていた。牝牛も1頭飼い、野原の端で草を食ませていた。チーズは手作りだった。わたしたち兄弟の面倒を看てくれたのは、この祖母だ。周りには広々とした空間があり、わたしたちは自然の環境を存分に楽しんだ。森の中が遊び場だった。兄たちと力を合わせて小屋を建て、ワナを仕掛けて野ウサギを獲った。獲物を意気揚々と祖母に持っていったものだ。

母はそのころロワヤンのホテル、オテル・ド・フランスでメードをしていた。働き者だった。彼女が青い大型の原付に乗って町に通勤する姿を、いまでも覚えている。ベルボトムのズボンとかかとの高い靴をはいて、「カウボーイ」というあだ名だった。髪は栗色だが、しょっちゅう染め変えていた。わたしたち子供の世話を焼く暇は、あまりなかった。

祖母のアリスは、灰色の髪をした小太りの小柄な老女だった。いつも黒い服に大きなエプロンを締め、わたしたちを学校へ連れて行ったり食事を作ってくれたりした。子供たちのしつけに精いっぱい奮闘していた。とても優しいおばあちゃんで、わたしは大好きだった。

家の中はどちらかというと、にぎやかだった。家は平屋建てで、広い居間に続くキッチンでは祖母の鍋料理がいつも湯気を立てていた。ロフトにいくつか寝室があり、わたしはジャン＝ギーと相部屋だった。兄や姉とは、しょっちゅうふざけ合って遊んだ。彼らの父親のルネ・シャトリエには、まだ会ったことがなかった。だれがわたしの父親かを知ったのも、後になってからだ。ともあれ、わたしは彼らにまったく嫌われていなかった。わたしが生まれたために、彼らの両親は別れることになったのだが。

いちばん気が合ったのは、長兄のクロテールだ。彼がそばにいてくれると、気持ちが落ち着いた。一家の大黒柱というべき存在だった。ジャン＝ギーとは、さんざん悪さをしたものだ。それで夕方、母が帰ってくるころや祖母が堪忍袋の緒を切らすころ、ひと波乱が起きた。おばあちゃんには、何度かお仕置きをされた。

わたしはロワヤンのメーヌ＝ジョフロワ幼稚園に入った。男も女も大勢の友だちができ、わたしは大いばりで彼らを家に連れてきた。ビー玉遊びに強く、何度も大勝負に勝った。祖母アリスにはちょっとした財産があり、わたしたちは何不自由ない暮らしだった。ただ、わたしは学校にまじめに通わず、教師の頭痛のタネになっていた。

わたしが11歳のとき、おばあちゃんが亡くなった。

すべてが逆方向に回りだした。

家は売却され、母は狭い地所を相続して、そこにマルタン館を建てた。館《やかた》とは名ばかりの、木造トタン屋根のプレハブ小屋だ。公園の片隅にある東屋に毛が生えた程度の家だった。その周りに兄たちがトレーラーハウスを駐めた。

わたしはまだ幼く、母は自分の姉に預けた方がいいと考えた。伯母のエディットが妹を少しでも楽にするため、わたしを引き取ろうと申し出てきたのだ。母や兄や姉と別れるのは、とてもつらかった。それに、いとこたちとは反りが合わなかった。

学校でも事態は深刻だった。わたしは読み書きをなかなか覚えられなかった。ろくに字も読めないのに、中学に上げられた。学業の遅れが尋常ではなかったから授業についていけず、わたしは何もしなかった。教師はサジを投げ、わたしを無視した。退屈だったので、わたしは学校をさぼり始めた。

わたしはたちまち、悪い連中の仲間入りをした。わたしより年上の、ロワヤンの不良少年たちだ。バイクを盗んで乗り回し、次いで売り飛ばした。空き地でモトクロスをやり、バイクが毀れると別のバイクを盗んだ。夜は徒党を組んで、何かしでかそうと街を練り歩いた。盗みもした。伯母はわたしを追い回すのに音を上げ、わたしが13歳になったとき、引き取るように母に求めた。

本当の父親のことを知ったのは、そのころだった。すでに大分前から家の中で、マルセル・ペローなる人物の名がささやかれていた。ロマの男で、顔がわたしに似ているという。彼の住まいは、母に聞いていた。母の家からそんなに遠くないところだ。そこで母のもとに戻ってから、わたしは父を捜し始めた。その過程でロマの友だちができた。彼らの中にいると、わたしはくつろげた。身内と一緒にいる気がした。兄や姉の父親のルネ・シャトリエに村で初めて会ったときには張り倒されそうになったから、なおさらロマに親しみを覚えた。ルネは、こう言った。

「おまえは、おれの息子じゃない。おまえの面など、見たくもない」

母はいつも、放浪の民《ロマ》に惹かれていた。彼らの言語、ロマニー語［ロマ語］を流暢に話すことができた。しかし、わたしの父とは一緒にならなかった。わたしが生まれたとき、父は16歳だった。やっと捜し当てると、父はわたしを歓迎してくれた。母よりずっと年下だったことを、わたしはそのとき初めて知った。そして、わたしが生まれたあとで父が別の女性と結婚し、父の側にわたしの弟と妹がいることも知った。父のことをもっと知りたくて、わたしは頻繁に彼の家を訪ねた。父は、それまでやってきたことを話してくれた。最初に小さなサーカス団を結成し、数匹の動物を連れてロワヤン近郊の村々を回って歩いた。しかし、経営はうまく行かず、次に屑鉄回収業を始めた。のちには、馬の飼育もした。

　わたしはその間も、悪い仲間と街をうろついていた。坂道を転がるように転落していった。

2

少年院

母や兄、姉たちとふたたび一緒に暮らせるようになってうれしかったが、だからといって、わたしの素行が修まったわけではない。むしろ、悪くなった。チンピラ仲間と語らって、わたしは空き巣狙いまで始めた。13歳のわたしは、グループの最年少だった。ほかは16〜17歳だ。相変わらず原付やカーステレオやバイクを盗んで回り、別荘にも忍び込んだ。ロシュフォール［ロワヤンの北40キロの港町］からロワヤンに至る海岸には、バカンス用の別荘が軒を連ねている。冬季には、その多くが空き家になる。わたしたちの悪名は、ロワヤン市民のあいだに轟いていた。名士の息子のバイクを盗んで、彼自身が捜しに来たことがある。顔見知りだから、返してやったよ。

わたしが中学に1日も行かなかったものだから、憲兵がわたしを追い回した。ある日とうとう捕まり、それまでのツケをまとめて払わされる羽目になった。

ロシュフォール＝スュル＝メールのポール＝マロ少年院に、わたしは送られた。ピエール・ロティ通りの角のピエール・ロティ記念館の真裏にある矯正施設だ。そのころのわたしは、ピエール・ロティ［1850〜1923。作家。《お菊さん》］が何者なのか全然知らなかったが、そんなことはどうでもよかった。しかし、少年院に送られてからあの奇妙な博物館を見学し、それ以来だれかがわたしを訪ねてロシュフォールに来ると、いつも見学していくように勧めている。それに、ヴォバンが建てたコルドリーも見ていくように。［セバスティアン・ル・プレートル・ド・ヴォバンは17世紀の軍人、築城家、経済学者。ロシュフォールのコルドリーは武器庫の一つで、実際にはヴォバンではなくフランソワ・ブロンデルが建てた。現在はロシュフォール商工会議所が入っている］

ピエール・ロティ通りは屋根の低い白壁の家が建ち並んでいて、少年院も何の変哲もない建物だ。外観からは、これが矯正施設だとはとても思えない。中には、個室が50ほど並んでいる。どれもベッドとテーブルと椅子を一つずつ備えた、まったく同じような部屋だ。施設の名前がなんであれ、これは刑務所だと一目で分かった。

少年院に送られたとき、わたしは16歳だった。成年になれば出られるはずだった。施設では新しい友人ができた。ほかの触法少年たちだ。わたしの部屋は4階だが、通りに面していて、すぐそばに電柱が立っていた。電柱を伝って下に降りれば簡単に街に出られる。わたしは躊躇なく無断外出した。新しい仲間と相変わらずバイクや車を盗んだ。おかげで、21歳になるまで施設から出してもらえなかった。

そこで、わたしは考えた。このままでは、刑務所以外の未来が開けない。なんとかしないといけない。

わたしは行いを改め、ロシュフォール市役所で勧められたTUC（集団的奉仕活動）に就いた。市の公園や広場で樹木や花壇の手入れをする仕事だ。仕事のあとは、毎晩きちんと施設に戻った。1年間のTUCプログラムが終わったとき、ポール＝マロ少年院の管理部長がわたしに言った。

「ドニ、TUCは終わったが、おまえを街に戻せば、また悪さを始めるだろう。どうだ、おれのとこへ来ないか。ペンキ塗りを覚えろ。手に職がつくぞ」

六か月間、わたしは塗装職人になった。おもしろかった。ペンキを塗っていると心が落ち着く。機械的な動作だから、何も考えない。しかも結果がすぐに出る。やり甲斐があった。

ロシュフォール市役所は、わたしに前向きの意志があり、生き方を変えたがっていて勤勉だと認めて職員に採用してくれた。道路管理課に2年、ロシュフォール卸売市場に2年、水道局に4年、わたしは勤務した。

水道局の同僚とは、走りを始めた。1987年のことだ。初めは友人のジャン＝シャルルと一緒に週に3回、トレーニングに10キロほど走るだけだった。それから同僚のミシェルとジャン、市の職業訓練課長のジャン＝ピエールに誘われて彼らと一緒にハーフ・マラソンを走るようになった。熱中した。わたしは忍耐を覚え、力を出し切ることを覚え、そうした末に初めて得られる満足を覚えた。マランン［ロシュフォール

1989年、23歳のときに父の地所で。96年、この場所でロケット弾の爆発事故に遭った

北方42キロの町」の20キロ・レースやポール＝デ＝バルク［ロシュフォール西郊」のハーフ・マラソンに出場した。とりわけラロシェル［ロシュフォール北西27キロ」市内を走る22キロ・レースでは自己最高タイム、1時間47分を出した。

走っていたのは1991年までだ。この年、わたしはロシュフォールを去ってロワヤンに移らなくてはならなくなった。

問題の多い生活に戻った。

3

ロマの世界

ロシュフォールを去ることになったのは、わたしがまたロマの男と一悶着起こしたからだ。今度は、女をめぐる問題だった。

しかし、ロマの世界にわたしが完全な親しみを持っていたことは、言っておかなければならない。わたしの父はロマだと母に聞かされたとき、少しも意外に思わなかった。祖母の家で暮らしていたときすでに、わたしはロマの子供たちと仲良くしていた。隣の地所にロマが馬車を駐めていたのだ。

彼らの生き方は、わたしを魅了した。幌馬車、大家族主義、夜の焚き火、彼ら独特の音楽。毎夜、彼らは歌い踊った。ギターとバイオリンがかき鳴らされ、時にアコーディオンが加わった。女たちが踊ると、原色に彩られたスカートが宙にひるがえった。ビールが滝と流れ、笑い声がはじけ、熱気が渦巻いた。すばらしい居心地だった。

犬を連れて彼らのいう「ニグロ」、つまりハリネズミ狩りに出掛けた。道路沿いに生い茂った草むらで狩る。獲物は針を取り除いたあと焚き火で丸焼きにし、輪切りにして酢に漬ける。それをしばらく焼き網であぶってから、むさぼり食う。

子供たちは自由放任で育てられていたが、守らなくてはならない決まりがいくつかあった。畑や果樹園の実りをかっぱらうのはいいが、教会での盗みは絶対に許されない。サント＝マリー＝ド＝ラ＝メール［南仏カマルグ地方の海辺の町。ロマの聖地］の祭り、8月15日の聖サラ［ロマの守護聖人。別名サラ・カリ、「黒いサラ」］の祝日、ルルド［スペイン国境に近い南仏の町。カトリックの聖地］への巡礼の三つは神聖だった。

わたしは子供のころから教会に惹きつけられていた。洗礼も受けたが、しかしわたしの祖母も母も敬虔な信者ではなかった。わたしがカトリックに親しみだしたのは、ロマたちと付き合うようになってからだ。

ずっとあとになって、わたしは放浪の民の司祭、彼らの言い方によれば「ラチャイ」のフランソワ神父と知り合った。姉の子供たちに洗礼を施してくれたのが、きっかけだった。すばらしい人だ。彼の導きで、わたしは初めてルルド巡礼を経験した。わたしが事故に遭ったとき、真っ先に病院に見舞ってくれたのも彼だった。

ロシュフォールでわたしは、非常に美しい娘と恋に落ちた。ただわたしは知らなかったのだが、彼女はその前から別の男と付き合っていたのだ。ロマの男だった。わたしが彼のガールフレンドと付き合っていると仲間に教えられて、彼は見つけ次第わたしを撃ち殺してやると相手かまわず息巻いた。

わたしは本気にしていなかった。しかし、プジョー205に彼女を乗せてドライブしているところを彼に見つかった。彼はルノー5《サンク》に乗っていて、わたしたちを追いかけてきた。銃の乱射でわたしの車をスクラップにした。

その話を聞いて、父が彼と闘うためにロワヤンから駆けつけてきた。わたしたちの世界では、何ごとも冗談では済まないのだ。父はトラックでロシュフォールに乗り込んだ。父方の弟のパトリスとニコラ、それにわたしが同行した。父はトラックから降りると、ロマの男の車に1発浴びせた。わたしたちはふたたびトラックに乗り込んだが、男はひるまずに追いかけてきた。わたしたちを追い越して先行し、物陰に隠れた。わたしたちが近づくと、トラックのボディを狙い撃ちした。銃弾が数センチの差で、フロントにいた父と弟をかすめた。

わたしたちは無傷で父の家に戻ったが、事件は結局のところ法廷に持ち出された。ロマの男は再犯だったので収監された。娘は震え上がり、恐怖のあまり彼とよりを戻した。

こうしたことがあって、わたしは町を出た方がいいと考えた。そして、ロシュフォールを去った。

1991年、わたしはトレーラーハウスを買ってロワヤン郊外シャトラールの父の地所に駐めた。

父方には弟が3人、妹も3人いた。ニコラとパトリスも自分のトレーラーハウスを持っていて、父の地所に駐めていた。妹のパトリシアとアントニーヌ、イザベル、それに末っ子のリオネルは両親の家で暮らしていた。

わたしが父の庶子だと聞いて、父の妻は激怒した。それまで父が内緒にしていたから、なおさらだ。彼女はその話を、頭から信じようとしなかった。

いざこざにうんざりした父は、ある日、家族に宣言した。

「ドニがおれの息子だと、おまえたちの兄だと、どうしても信じないのなら、DNA鑑定をしようじゃないか」

鑑定のために医療施設へ行くと、看護師がわたしたちの顔を見比べて不思議そうに言った。

「どうして鑑定する必要があるの？　あなたたち、文字どおり瓜二つじゃありませんか」

そのとおりだった。わたしは父に生き写しなのだ。父と同じように短躯痩身だが、力は強い。父は、自動車のエンジンを両手で抱えて屑鉄の山の上へ投げ上げることができた。

わたしにとって、父は彼以外になかった。鑑定を受けようと受けまいと、母に事実を知らされたときからずっと揺るぎなく確信していた。

大体、わたしも父も同じように無鉄砲で向こう見ずなのだ。父の情熱の対象は、馬だった。わたしが父の地所で暮らしだしたころ、父はスクラップ回収業をほとんど打ち捨てて馬の調教に熱中していた。カマルグ種やウェールズ種の馬に乗って、よく遠出をしたものだ。父の背にしがみついて乗馬するのは、すばらしい喜びだった。弟たちと厩舎を掃除し、馬にブラッシングを施した。

ある日、馬の1頭が父に強い頭突きを食らわした。父は頭部挫傷を負い、その日からものが二重に見えるようになった。働くことができなくなり、馬を売り払った。

わたしは弟のパトリスやニコラと力を合わせ、3人でスクラップ回収業を続けた。父の地所の奥に何トンもの屑鉄を積み上げ、ボルドーの廃品回収業者に売った。

1991年から93年にかけては、海岸の岩場でカキ漁もした。まさしくロマ一家の生き方というわけだ。わたしのことを、みんなが父の名にちなんで「小マルセル」と呼んだ。そのおかげで幼い妹たちも、わたしが彼女らの兄であると理解してくれた。

獲ったカキは、海岸沿いの小屋で売った。

ヴァレリーと知り合ったのは、そのころだ。短くカットした黒髪と黒い瞳の美しい娘だった。外食産業の工場で働いていた。わたしのトレーラーハウスで同居を始め、長男のヴァンサンが生まれた。しかし、ヴァレリーとは長く一緒にやっていけないことが、すぐに分かった。わたしたちは、別れた。

あのころのわたしの生き方は、模範的だったとはとうてい言えない。それは、分かっていた。しかし、最悪の事態が前途に待ちかまえていることまでは分からなかった。

4

事故

1996年1月12日、わたしは母の家にいた。父の妻が絶えず言い掛かりをつけてくるので、父の地所にトレーラーハウスを駐めるのはやめた。車を動かして、数百メートル離れたママの地所に引っ越してきたというわけだ。

わたしは、愛車フィアット・ウーノのエンジンを修理していた。近くに弟のパトリスといとこのクリストフがいた。そこは父の家に続く細道で、路傍に屑鉄を積み上げてある。わたしは車のラジエーターホースを買わなくてはならず、ロワヤンまで乗せていってくれないかと父に頼みに行った。父は言った。

「よし分かった。ひげだけ剃らせろ。そしたら連れていってやる」

父のひげ剃りが終わるまで、わたしはパトリスとクリストフが何をしているのか見に行った。二人はロケット弾を作っていた。屑鉄の山で爆発させようというのだ。長さ15センチ、直径5〜6センチの銅パイプだった。一方の穴を塞いである。もう一方の穴も塞ぐので、パイプを持っていてくれとパトリスに頼まれた。わたしは尋ねた。

「何が入ってるんだ」

尋ねた瞬間、パトリスがパイプをたたいた。パイプが爆発した。中には爆薬が入っていたのだ！　パトリスは船員兼漁師の村の男から、木の切り株を吹き飛ばす小さなロケット弾の作り方を教わっていた。しかし弟は、苛性ソーダと粉砂糖と火薬で大きめのロケット弾を作り、屑鉄の山に載っている古い洗濯機を吹き飛ばそうと考えた。そのアイディアに夢中になっていた。

はっきり覚えている。午後4時15分だった。わたしは両手を吹き飛ばされ、パトリスは片方の頬と耳をもぎ取られた。わたしの体は宙を飛び、両腕の先から鮮血を噴出しながら仰向けに地面へ落下した。爆発の衝撃でわたしの胸郭はへこみ、椎骨は砕かれ、頭部打撲を負い、鼻は二つに折れ、喉には銅片が刺さり、網膜が傷ついた。要するに、わたしの体はズタズタになった。

意識は失わなかった。わたしは、医学で言う第2状態［一過性の異常興奮状態］にあった。おそらく横たわったままだと死んでしまうと考えたのだろう、立ち上がった。わたしの中にいつも燃えている生きる情熱が、そのときにもあった。わたしは天高く昇っていく自分を意識し、神の声を聞いた。

「おまえには、来られては困る。おまえは、まだまだ長い道のりを歩くのだ」

義妹のサンドリーヌが駆けつけてきた。わたしは彼女にこう、呼びかける余裕さえあった。

「おだぶつの前に言っておく。みんな愛してるよ」

父はすぐに救急車を呼んだ。二度、呼んだ。しかし消防署は、またロマ一家の悪ガキのいたずらだろう、と取り合わなかった。

爆発音は、村のだれもが聞いた。だれもがガスボンベの爆発だろうと考えて、関心を払わなかった。どこで爆発が起きたのか、よく分からなかったので、なおさらだった。

救急車はやってこず、わたしはボロ切れのようにちぎれた両腕をぶら下げ、血を滴らせながらよろよろと歩いた。それを見て父はわたしと弟を自分の車に押し込み、急発進した。父の顎には、ひげ剃りクリームが残っていた。

弟は、裂けた頬の肉を手で押さえていた。車の中は一面、朱に染まった。あまりにすさまじい光景に、わたしは痛みさえ忘れていた。父は赤信号を無視し、バイパスを迂回し、舗道に乗り上げながら全速力で突っ走った。わたしに怒鳴った。

「血が止まるように腕を曲げてろ」

ロワヤンのマラコフ病院に着くと、父がわたしの襟首をつかんで救急センターへ運び込んだ。わたしは両手を失い、車のドアを開けることさえできなかった。

救急センターはパニックに陥った。わたしに触れようとする者はいなかった。わたしはボロボロになり、頭のてっぺんから足の爪先まで血まみれだった。名前と生年月日を尋ねられて、しっかり返事をした。気を失ってはいなかった。向こうから女性が一人、SMUR（緊急蘇生移動サービス隊）の看護師が歩いてくるのが見えた。わたしの有り様を見て、彼女の方が卒倒した。

わたしは担架に乗せられた。だれもが動転していた。父はいつも持ち歩いているポケットナイフを取り出し、少しでも時間を節約しようと、わたしの服を切り裂いた。外科医がわたしと弟に麻酔を掛けるよう指示し、それ以後の記憶はない。輸血を受け、無菌室に移された。わたしの他の家族はこわがって、様子を見に来ようとさえしなかった。

パトリスは縫合手術を受け、申し分なく快復した。クリストフはというと、パイプを持つのは嫌だと断って賢明だった。彼は2週間、鼓膜がおかしくなっただけだった。

わたしは救命治療室で生死の境をさまよった。苦痛を感じないよう、常に人工的な昏睡状態に置かれた。切断された腕は固く結紮《けっさつ》された。消化器系全体が損傷を受けていた。わたしの集中治療は10日ほども続き、医師は両親に宣告した。

「ドニは大量に失血している。いつ死んでもおかしくない状態です」

わたしの母、わたしの父、わたしの義母、それに兄弟と姉妹、全員が病室の前に集まって神に祈った。

意識を取り戻すと、モルヒネを注射されていたにもかかわらず、言語に絶する痛みが襲ってきた。

母に急を告げたのは、妹のパトリシアだった。母も事故を、ガスボンベの爆発だろうと思っていたのだ。

「ドニが病院に運ばれたわ。両手を吹き飛ばされたのよ！」

弟のニコラはその日、留守をしていた。事故の知らせを聞き、彼はトラックで父の家に急行した。車を降りて見ると、鶏小屋に肉片や指が散らばっていた。ニコラは半狂乱になって銃を持ち出し、肉片をついばんでいた鶏とアヒルを残らず撃ち殺した。

「兄貴の指を、鶏なんかに食われてたまるか！」

後日その話を聞いて、わたしは涙を流した。

父も、わたしたちを病院へ運んだプジョー205に火を放った。血まみれだから、もはや使い物にはならなかったのだ。いずれにせよ、父はその車を見るのも嫌になっていた。事故が起きた場所の様子も大きく模様替えし、立っていた2本の高いナラの木を伐り倒した。もはやだれも、恐怖をよみがえらせずにはそこを通ることができなかった。

この負傷から生還できれば、奇跡だ。しかしわたしは、まだ死期ではないと感じていた。

治療室で意識を取り戻すと、ベッドの脇に紳士が座っていた。青い医療衣を着けている。わたしの方は、体中管だらけだ。紳士は穏やかに話し始めた。

「わたしは心理学のカウンセラーです。何があったか、分かりますか。あなたの身に何が起きたか」

「分かります。事故が起き、わたしは両手を失いました」

「そのことを、どう思っていますか」

「命あっての物種《ものだね》、と」

「事故について話すことはできますか」

「いずれ話せると思います。しかし、いまは無理だ。わたしは体中に管を取りつけられ、喉も痛いし背中も痛い。苦痛が激しいのです。また今度にしてください」

わたしは危篤状態だった。しかし、なんとかこの世に命をつなぎ止められたのは、父のおかげだ。父がいなかったら、いまごろは血液の抜けきった骸《むくろ》となって地面に横たわっていただろう。父は二度、わたしに命をくれた。

わたしが昏睡状態を脱するなり、ラチャイのフランソワ神父が見舞いに来た。わたしが背中の痛みに苦しんでいるのを見て、わたしの頸椎を2個、元の位置に戻してくれた。ポキポキと二度、音がした。それでわたしは、その部分に関しては楽になった。

事故からひと月後、2月初めのことだった。妹のパトリシアとイザベルが、わたしの病室で祈りを捧げていた。彼女たちは、わたしの包帯や顔にルルドの聖水を振りかけた。わたしが無菌室に入っていたときにさえ、振りかけようとした。

わたしはベッドに横たわって天井を見上げていた。すると、二つの手が宙を横切るのが見えた。鳥の翼のように軽やかな、白い二つの手だった。10秒ほどの出来事だ。妹たちは、何も見えなかったと言った。

その晩、妹たちは父にこの話をした。翌日、父が見舞いに来て尋ねた。

「手が見えたって、本当か?」

「うん。おれの頭上に浮かんで見えた」

「いい兆候だ。おまえ、手を取り戻せるぞ！」

事故に遭ってすぐ、わたしは改めて手を獲得する夢を抱いた。当時は手の移植など、まだ話題にも上っていなかった。しかし、いずれは実現すると、わたしは信じていた。

わたしはマラコフ病院からボルドーの障害者リハビリ専門センターへ移送された。わたしは身障者になったのだ。

5 わたしの子供たち

ボルドーには9か月間、いた。その間にイザベルと再会した。知り合ったのは1990年で、そのとき彼女は19歳だった。ブロンドに近い栗色の髪と褐色の瞳をした美しい少女だった。96年に再会し、彼女は25に、わたしは29になっていた。事故のことを、彼女は新聞で読んでいた。

わたしの事故は、よきにつけ悪しきにつけ世間の話題になっていたのだ。わたしがボルドーで入院していると知って、イザベルは心配していると書き送ってきた。初めのうちは、病院の外出許可が出たときだけ彼女と会っていた。彼女には4歳の娘アメリーがあり、娘とともに両親の家で暮らしていた。父親は、飛行機の機体を製造しているソジェルマ社の工場の電気技師だ。母親は専業主婦で、イザベルの兄弟のデルフィーヌ、ジャン＝ダヴィッドと住んでいた。

イザベルが実家で暮らしていたのは、アメリーの父親が父親の役目をまったく果たさなかったからだ。22歳のとき、彼はロワヤンの路上で車の事故を起こして死んだ。アメリーは、わたしの娘同然になった。彼女も、わたしをパパだと思っていた。

わたしは毎週ロシュフォールに戻る許可をもらい、イザベルと会った。彼女の実家を訪ね、両親もわたしを気に入ってくれた様子だった。時に泊めてもらい、居間の長椅子で眠った。愛がどんどん深まった。

ある日、胸につかえていた疑問を彼女に打ち明けた。

「おれと付き合ってくれるのは同情からか、それとも愛情か」

彼女は答えた。

「あんた、手をなくして男じゃなくなったわけ？」

わたしは考えた。なるほど、道理だ。筋がとおってる。

わたしたちは一緒に暮らすことに決め、周囲にもそう伝えて1996年の暮れ、アメリーと3人で住むアパートをロシュフォールのピエール・ロティ通りに見つけた。狭いが食堂と2寝室のあるアパートだった。建物の造りもスマートだし、何よりも、そこは「わが家」だった。7年間、そこで暮らした。

数か月後の1997年7月8日、イザベルとの初めての子ジョルダンが生まれた。うれしかった。アメリーもいて、わたしの息子のヴァンサンも訪ねてくる。本当の家族ができた。しかし好事魔多し、新たな不幸がわたしたちを襲った。

ある日、わたしは普段より早く目を覚ました。揺りかごのジョルダンの様子を確かめた。いつもと違う。97年10月10日のことだった。ジョルダンを抱き上げてみると、ぐったりして力がない。目を覚まさせようと揺すってみた。イザベルが悲鳴を上げた。SAMU（緊急医療救助サービス）に電話したが、手遅れだった。典型的な乳児の突然死だ。わずか3か月の命だった。

埋葬式では、ラチャイのフランソワ神父がミサを挙げてくれた。驚くべきことが起きた。神父と一緒に、放浪の民が大挙やってきたのだ。彼らは教会の中に大きな飾り

1999年、息子のブランドンと。髪を撫でてやることもできないのはつらかった

幕を何枚も張った。辺り一面を花で埋めた。非常に美しいメロディをうたってくれた。それでもわたしたちは、悲劇に打ちのめされていた。イザベルは、いまでも心の底では立ち直っていないと思う。

しかし、人生は続く。生きていかなければならぬ。1998年7月19日にステヴァンが、99年10月5日にブランドンが生まれた。わたしが移植手術を受けたあとの2001年7月4日にはジョアナ、02年11月6日にはジェイソンが生まれた。わたしたちロマの家庭によくあるように、4人の年子に恵まれたのだ。ヴァンサンを入れてわたしの子供は5人、イザベルの娘アメリーも入れると6人になった。

イザベルは勤めには出ず、子供たちの世話に掛かり切りになった。時折カキを拾ってきて献立の足しにした。生計は、わたしの障害年金が頼りだった。わたしは移植手術を受けるまで第3度障害者に認定され、月に1万2000フラン受給していた。ピエール・ロティ通りのアパートは手狭になり、HLM［公営の低家賃集合住宅］に引っ越した。

ボルドーでは、わたしに義手を作る話が持ち上がっていた。

6

ロボコップ

普通に手がある人は、自分の手がどれぐらい自分のために働いてくれているかなど、気にも留めないだろう。しかし、手がなければ人は無力だ。何もすることはできない。子供の頬をなでることもできないし、自分の髪を指で梳くこともできない。一人でトイレに行くこともできない。

唯一の利点は、まだ指先の感覚があるにもかかわらず、爪を噛まなくなったことだ。手首から先のない腕を見つめて、曲がりなりにも自立的に行動するにはどんな工夫をすべきか、わたしはいろいろ考えた。洗顔手袋［手袋状になったタオル］を口にくわえて腕にはめ、なんとか顔を洗うことができた。歯ブラシも、両腕にはさんで使った。ひげ剃りと体を洗うのは、兄弟たちが助けてくれた。トイレを使うのも、同様だ。とりわけ長兄のクロテールは、何を措いてもまずわたしを助けてくれた。

いちばん驚かされたのは、幻影肢の感覚だ。手を失ったというのに、わたしは指の痛みを感じ、指を動かせるような気がした。たとえば親指を動かそうとすると、腕の皮膚の下で筋肉が動いた。家族も、それを目撃した。両腕をこすり合わせると、揉み手をしている感覚になった。あるとき、テーブルから落下しそうになった瓶を、とっさにキャッチしようとした。無論、キャッチはできなかった。非常にきまりが悪かった。

医師に聞いた話では、脳の中で手に関する神経情報を蓄えた部分が、手を失ったあとも活動しているのだそうだ。そして、あたかも手が存在するかのように振る舞う。

事故から数か月後、傷口がすっかりふさがると、義手を作る話になった。

わたしは当初、大乗り気だった。義手をつければ、人に頼らずにできる動作がぐんと増えるにちがいないと思った。

腕のサイズ取りをした。神経組織の命令に応じて動作する筋電義手を作るのだ。

義手はシリコン製で、長手袋のように肘まで装着する。中にはケーブルと電線が2本ずつ通っており、先端にはシリコン製の手を取りつけてある。電池と、皮膚に貼りつける2個の電極を内蔵するので、義手の重さは1本で1・2キロに達する。

義手を使ってできる唯一の動作は、親指と人差し指と中指でつまむことだ。それでも、ものを掴むことはできる。腕の筋肉の収縮で、手のひらが開いたり閉じたりする。しかし、神経組織だけが頼りだから、掴む力の強弱は加減できない。

数週間後、待望の義手が届いた。しかし、寸法が狂っていた。前腕の部分が長すぎ、手先がわたしの膝に届いてしまう。義手を着けたわたしは、まるで手長猿だった。

ボルドーの病院スタッフは、頭を抱えた。義手は非常に高価なのだ。そのまま着用することにして、その代わりにわたしの腕を数センチ切り詰めたらどうだろう、と提案してきた。わたしは激昂した。断固、拒否した。せっかく残ったおれの腕だ。これ以上、切られてたまるか。

病院側は、やむなく義手の方を短くした。それでもまだ長すぎ、肘が固定されてしまうので、わたしは医学で言うプロスピネーション（固縮軽減）の運動、つまり腕を伸ばして関節をぐるぐる左右に回すことができなくなった。

　義手を海に投げ捨てる権利はもちろん、わたしにはない。着用するには1本ずつ膝にはさみ、手のない腕を中に押し込む。取り外すときも膝にはさんで行う。

　わたしはこの作業に、なかなか慣れることができなかった。義手なる道具がどれぐらい役に立たないものか、着けてみないと分からない。しかも、傷ついた腕に雑菌が繁殖しないように、義手の手入れを怠ってはならない。毎日マルセル石鹸［冷水に溶けやすい中性石鹸］で洗い、表面を定期的にアルコールで拭いて肌触りをなめらかにするクリームを塗らなければならないのだ。兄弟やイザベルが、その手入れをしてくれた。それでも義手を外すと、わたしの腕はしばしば炎症を起こして真っ赤になっていた。床ずれのようなものだ。

　さらに言うなら、義手を外しているときは腕を包帯できつく巻いておく方がいい。傷ついた腕は、腫れやすいのだ。腫れると義手に入らなくなる。時にわたしの腕が日中、義手を着けているときに腫れて義手を外せなくなったこともあった。しかも、義手は重い。この重量を四六時中、腕の先にぶら下げていると、へとへとになった。

言うまでもなく、充電を忘れてはならない。7～8時間も使えば、電池はあがってしまう。充電開始と終了のたびに、電池は「ガリガリ」というような、ひどく耳障りな音を立てた。わたしが腹を立て、興奮すると義手は暴走を始め、コントロール不能になった。

わたしの義手にはもう一つ、不都合があった。だしぬけに止まってしまう癖があったのだ。ある日、わたしはスーパーで買い物をしていた。レジでジーンズのポケットから金を取り出そうとしたら、義手が布地を噛んだまま動かなくなった。手をポケットから抜くこともできない。レジに並んだ客から、ぶつぶつ苦情が上がり始めた。わたしはジーンズを脱いで義手を外すため、家に戻らなければならなかった。

この不具合のために、わたしは何度ボルドーにかよったか分からない。クラッチが固まって動かなくなっていた。病院の形成外科は、わたしが濡らしたせいだ、義手を着けて庭いじりをしたせいだ、などと主張した。庭いじりができるほどの性能か！ 悪いのは、わたしでなければならない。彼らが調製した道具は、欠陥なしでなければならないのだ。

家に帰れば、わたしはたいてい義手を外した。第一に、子供たちがこわがったからだ。子供たちの手を引いてやれないのは、つらかった。義手の力が強すぎて、子供たちの指を折ったりしないかと怖れた。わたしが義手に指示できるのは動作だけで、力の強さはまったくコントロールできないのだ。

義手の中は時に、ひどく痒《かゆ》くなった。汗をかく夏場は、特に痒かった。吸湿性の布で腕を覆っても効果はなく、気が変になりそうだった。嫌な臭いは、言うまでもない。なぜ義手には通気孔というものがないのか、わたしはいつも不思議だった。だれでも考えつきそうなことなのに。

不都合の極みは、外を出歩くとやってきた。

「おや、ロボコップが散歩してるよ」

この手の陰口をさんざん、たたかれるのだ。一方、ブルゾンを着ていると袖からは手先しか出ない。すると、それが人工の手であることを確かめようと、そばに来てしげしげと眺める者が現れる。こうした不快のせいで、わたしは外出を避けるようになっ

1999年、ロシュフォールで息子のステヴァンと。2年前から義手を着けていたが、息子を傷つける怖れから手を取ってやることもできなかった

た。

家の中では、ほとんど義手を使わなかった。ある日、義手がテーブルに乗っているのを見て息子が言った。

「パパ、この手を着けたら？　その辺に放り出しとかないでよ！」

1998年9月のある日、わたしは自宅の寝室にいた。居間でテレビを見ていたイザベルが大声で呼んだ。

「早く来て！　手の移植を受けた人がいるのよ。フランスで受けたのよ！」

急いで居間へ行くと、ジャン＝ミシェル・デュベルナール教授とクリント・ハラムがテレビに出ていた。死者から採取した手の移植手術に世界で初めて成功した人たちだ。あらゆるメディアが、この話題で持ちきりだった。わたしは夢中になった。間違いない、これはいい知らせだ、今度こそ手を取り戻せると思った。

さっそく番号案内に電話して、リヨンのエドゥワール＝エリオ病院の番号を訊いた。デュベルナール教授につないでもらうために何度も電話し、やっと教授の助手のマリー＝ピエール・オボワイエと話すことができた。彼女はわたしの話をていねいに辛抱強く聞き、事情を書面で説明して教授に送るといいと助言してくれた。

手紙を書く。それはわたしにとって、容易なことではない。わたしは口述し、イザベルに筆記してもらった。事故が起きた状況、手を失ってからの不便な生活、障害の程度、子供たちを育てなければならないのに働けないこと等々、すべてを打ち明けた。愚痴ばかりではなく、いつか必ず手を取り戻せると信じてきたこと、敬虔なカトリック教徒であること、長距離レースを走った経験があるので勇気と忍耐と克己心ではだれにも負けないことを綴った。教授とそのチームに絶対的な信頼を置いていることを強調した。血液型カードのコピーさえ同封した。

デュベルナール教授がわたしの手紙に打たれ、わたしの主治医のアンリ医師と電話で長時間話し合ったと、あとになって聞いた。こうして教授は、わたしを患者に迎えてくれた。

7

冒険開始

１９９９年の年明け早々、わたしはデュベルナール教授に会いにリヨンへ行った。アンリ医師が旅費を負担し、旅に同行もしてくれた。先生とその家族がその後もわたしに寄せてくれた厚意は、尋常一様ではない。リヨンへは、空の旅だった。飛行機に乗ったのはそのときが初めてで、わたしは子供のようにはしゃいだ。それまで飛行機など、空高く振り仰いで眺めるものでしかなかった。

最初に面会したのは、精神科医・精神分析医のガブリエル・ビュルルー医師だった。移植手術にまつわる諸事万端を説明してくれた。たとえば、移植に用いる手は、クリ

リヨンのエドゥワール＝エリオ病院でジャン＝ミシェル・デュベルナール教授と。教授には、どれだけお世話になった分からない

ント・ハラムの場合と同じように死体から採取する。それまで行われていたのはもっぱら、事故で切断された自分の手を元の腕に縫合することだった。いわゆる自家移植である。心臓や腎臓の移植と異なり、手は絶えず目に触れる。だから移植された他人の手を自分のものに同化させるのは、はるかにむずかしいとも医師は説明した。難点は、それだけではない。心臓や腎臓は、移植するとすぐに動き始める。手は、移植してからふたたび機能し始めるまで時間が掛かる。リハビリ訓練は非常に長く、つらい。

一方、うれしいことに、両手を失うことがどれだけ深刻な障害か、ビュルルー先生は理解していた。手が1本でもあれば、まだ何とかやっていける。しかし先生が言うには、史上初の両手移植に承認を出す立場の国立フランス移植機関は、成功を強く危惧しているという。

わたしにすれば、移植される手が死者のものであろうと、なんら問題はなかった。元の手とは異なる手を持つことになる、しかし他人の手をつけたからといって奇怪な化け物になるわけじゃなし、と思っていた。人はあきれるかも知れないが、わたしにとって唯一重要なのは、両手を取り戻すことだった。以前のように、他人に頼らずに生きる。仕事に就く。子供の手を取って歩く。それだけが重要だった。この3年間わたしが歩んできた人生以上に悪いことなど、あろうはずはなかった。

移植は失敗するかもしれない。それどころか死の危険さえある。それでもわたしは、この冒険に燃えていた。ビュルルー医師も、ついに折れた。わたしの生きる情熱を感じ取ってくれた。

続いて、デュベルナール教授に面会した。移植手術はおよそ18時間を要し、さまざまな医学的リスクがあると説明してくれた。手術そのものの危険性（手術中にも術後にも、心停止の起きる怖れがある）に加えて、手術時間がこれほど長いと、手術台上でわたしは細菌に感染して肺化膿症に罹るかもしれない。さらに、移植後2種のガンが発症する可能性がある。一つは皮膚ガン、もう一つはリンパ組織のガン、悪性リンパ腫だ。そして言うまでもなく、拒絶反応抑制治療を終生受けなければならず、それには吐き気、頭痛、下痢などの非常に不快な副作用が伴う。

術後経過の検査のためリヨンに滞在していたクリント・ハラムを、教授は紹介してくれた。初めて手の移植を受けた当人に会うと思うと、わたしはわくわくした。彼の顔はテレビや新聞紙上で何度も見ている。わたしが必死の思いでデュベルナール教授に手紙を送ったのも、彼の受けた手術があったからこそだ。わたしは英語をしゃべれないが「クリント・ハラムはニュージーランド人」、教授が通訳してくれた。初めのうち、ハラムの移植した方の手は見えなかった。ポケットに突っ込んでいたのだ。しかしポケットから出してもらうと、生き生きと動いているように見えた。充分、役に立っている様子だった。

クリントは移植した手で、わたしの手のない腕を握った。とても温かな手だった。おまけに、すごい握力だ！　感動的な光景に、居合わせただれもが胸をつまらせた。苦痛はなかったか、とわたしは尋ねた。痛みはないが、もっともつらいのはリハビリと拒絶反応抑制治療だと彼は答えた。

その日の夜、手術に青信号を出すかどうか3週間よく考えてから決めるように、と教授はわたしに言った。わたしはマスコミにもみくちゃにされるかもしれない、と念を押した。なにしろ、両手同時移植は世界初なのだ。

帰りの飛行機の中で、わたしは極度に興奮していた。3週間も考える必要なんかない、とアンリ医師に言った。赤も黄もない、信号は初めから青なのだ。

1999年の5月末、わたしはリヨンに1週間滞在して一連のテストと検査を受けた。いよいよ大冒険が始まる。

エドゥワール＝エリオ病院V2病棟3階、デュベルナール教授の泌尿器・移植治療科のくすんだベージュ壁の病室に、わたしはふたたび入った。

毎日、連続的な検査プランが立てられた。私の血液の特性を判定する種々の血液検査、腎機能が正常かどうか確認する尿検査、皮膚の状態を調べる皮膚科検査、骨の異常を調べる骨シンチグラフィ［放射性同位体を体内に入れて放射線分布を画像化する診断法］、臓器損傷がないかどうか調べるCTスキャン、それに脳のMRI検査［核磁気共鳴を利用して生体内の情報を画像化する診断法］だ。

ブロン［リヨン東郊の町］にある認知科学研究所の研究員アンジェラ・シリグ博士が、手や口など身体の各部分を機能させるときに活動する脳のエリア（皮質野）をMRI画像で見せてくれた。ホムンクルス［こびと］と名づけられたエリアでごく小さいが、左右の大脳半球上で顔、手、腕、胴、脚の動きに対応する。手のある人間は、

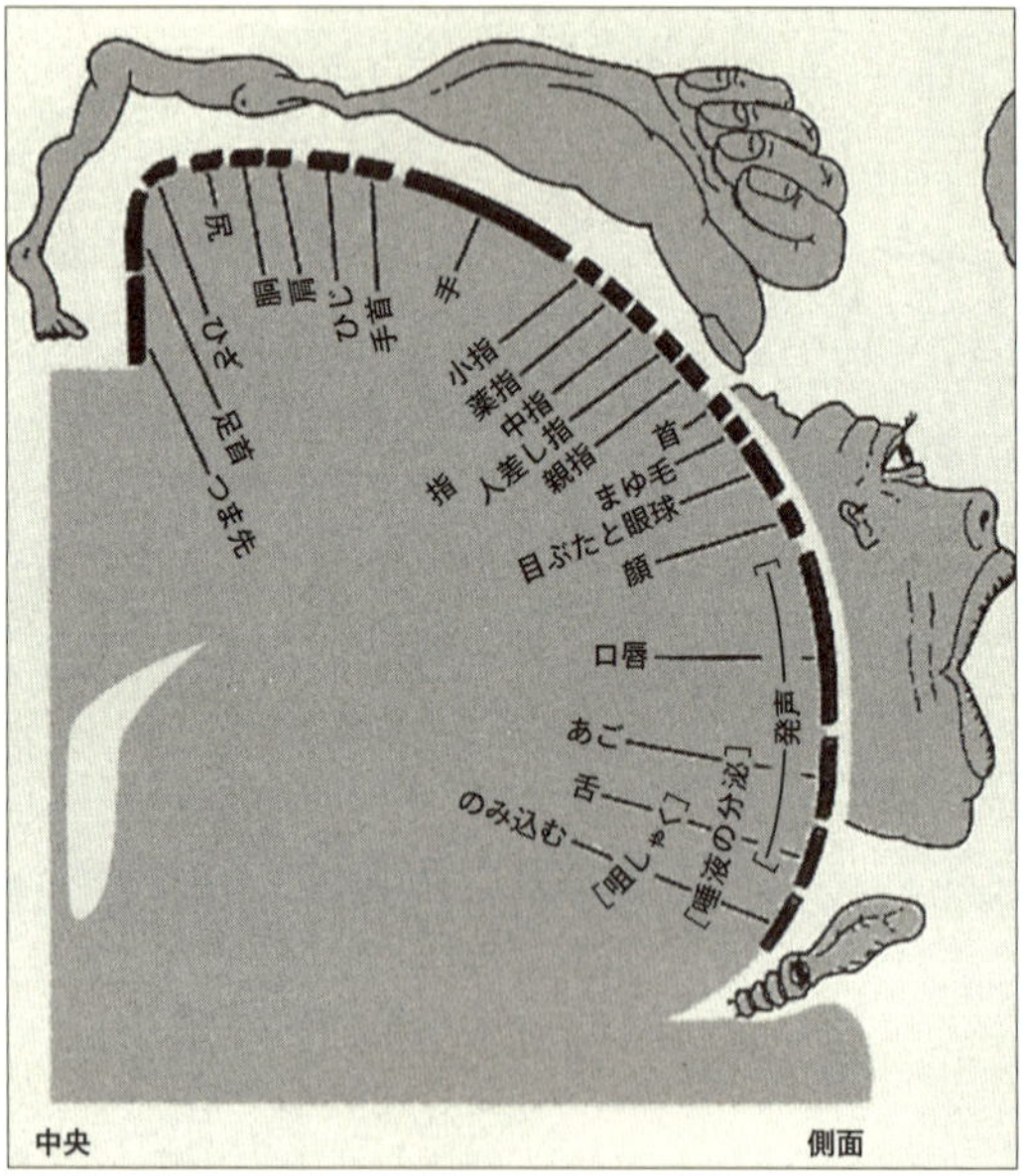

人体の各部が脳の中で占めるエリアの大きさを比率で表した図。手が占める割合は、際立って大きい

ここが活発に働く。各エリアの活発さは、身体の各部分をどれだけ頻繁に動かすかによって変化する。

わたしの脳の手に対応するエリアは、事故のあと、なんの情報も受け取れなくなった。手がなくなったのだから当然だ。一定期間が経ったあと、手のエリアは腕と顔のエリアに圧されて小さくなり、ついにはほとんど消滅してしまった（89ページ上の写真）。だから、移植された手をわたしの体とうまく同化させることが非常に重要なのだ。さもないと、手に関する脳のエリアが再生されない。

看護スタッフは、すばらしく親切だった。何くれとなく面倒を看てくれ、わたしは安心して入院できると確信した。

検査が終わり、あとはロシュフォールに戻って適切なドナーが現れるのを待つだけになった。

いつでもすぐリヨンに行けるように、旅支度をして待った。7か月以上、待った。24時間態勢で連絡を受けられるようにするため、わたしは当時のＯＬＡ［フランス・テレコムの携帯電話ブランド。現在はオレンジ・ブランドに統合］を1台買った。

人生は続く。子供たちの世話を焼き、スーパーへ買い物に行き、その間も絶えずわたしは耳をそばだてていた。いつも電話が鳴っているような気がした。デュベルナール教授のスタッフが二度、出発準備を整えておくようにと電話で伝えてきた。しかし二度ともドナーの手の損傷がひどく、移植に適さないと判明した。わたしは翻弄された。心臓が破れんばかりに高鳴り、そして巨大な失望が襲ってきた。わたしは全身全霊を込めて神に救いを祈願した。

2000年1月12日、居間でテレビを見ていると電話が鳴った。デュベルナール教授の助手マリー＝ピエール・オボワイエからだった。

「ドニ、すぐに救急車を呼んで。大至急、リヨンへ来るのよ。手術よ！」

待望の知らせだった。

8

大手術

移植手術の段階ごとに何が行われるのか逐一説明してくれるよう、わたしは最初から頼んでいた。自分の体に何が施されるのか、なぜそうするといいのか、ある種の機能がなぜ回復困難なのか、どれもわたしは知っていたかった。経緯を知らされると、気持ちが落ち着いた。

わたしの手術のためにジャン＝ミシェル・デュベルナール教授の指導で組まれた医療チームは、世界のあちこちからやってきた医師たちで構成されていた。

まずデュベルナール教授を補佐する移植外科医たち、リオネル・バデ、マルワン・

ダワハラ、グザヴィエ・マルタン、わざわざロンドンから呼ばれたナディイ・ハキムの4人がいた。

形成外科とマイクロサージャリー（顕微外科）の4人、アラム・ガザリアン、ギヨーム・エルズベルグ、ミラノからやってきたマルコ・ランツェッタ、シドニー出身のアール・オーウェンもいた。

手術室では4人の麻酔専門医たち、ドニーズ・モンジャン＝ロン、ベアトリス・シャブロル、カトリーヌ・コップ、アンナ・オスタペッツが待機していた。

さらに、3人の免疫医（アッシア・エル＝ジャアファリ、リュセット・ゲビュレール、ジャン＝ピエール・ルヴィヤール）、2人の移植医（ニコール・ルフランソワとパルミーナ・ペトルッツォ）、神経科学の専門家2名（パスカル・ジローとアンジェラ・シリグ）、2人の精神科医（ガブリエル・ビュルルーとダニエール・バックマン）、2人の皮膚科医（ドニ・ジュリアンとジャン・カニタキス）、2人のリハビリ指導者（エレーヌ・パルマンティエとベルナール・ヴァレ）、臨床研究助手のセリーヌ・ベルティヨ、それに手術担当グループの看護師長マリー＝クロード・ボナッチと入院担当グループの看護師長イザベル・リュフもいた。看護師や看護助手も含めれば、総勢50人ほどの人々がこの史上初の両手移植に関わり、デュベルナール教授と、わたしが電話で最初に話した相手のマリー＝ピエール・オボワイエの統率のもとに動いていた。

人名のえんえんたる列挙に困惑する読者もいるかもしれない。しかし、わたしの移植手術は彼ら全員のおかげなのだ。それを、わたしは忘れることができない。

午前6時、わたしは手術室に運ばれた。

二つのチームが並行して行動するように用意されていた。両手の移植はそれぞれ同時進行で行われなければならない。

手のドナーは若い男性だと、あとで聞かされた。遺体から上肢を切断することに、彼の遺族が同意してくれた。男性はたしか、バイクの事故で亡くなったのだと思う。しかし、ドナーに関する詳しい情報はわたしには与えられなかった。遺体の腕を肘から3センチのところで切断し、術後の見掛けが遺族にショックを与えないように義手で整形された。

切断された手はセ氏4度の特殊な保存液（UW液）を注入され、氷詰めにされて病院の手術室に運ばれた。

手術の直前に準備として、手の適切な長さを確保しながら動脈、静脈、神経、腱、伸筋、屈筋の綿密な解剖が行われた。わたしの腕と、できるだけ無理なく癒合《ゆごう》させるための処置だ。

わたしの方は、全身麻酔と合わせて、苦痛を軽減するために両腕に局所麻酔が掛けられた。また止血帯によって腕の血行が止められた。

腕の末端の表と裏にZ形の切開が入れられ(快傑ゾロのサインのようなその傷跡は、7年後のいまも残っている。おかげで手首と前腕の境目が、はっきり分かる)、神経、静脈、動脈、腱、筋肉、骨(橈骨《とうこつ》と尺骨《しゃっこつ》)が1本ずつ解剖された。

わたしの腕の骨は、事故の時に壊死《えし》した可能性のある部分をみじんも残さないために切り詰められた。ドナーの手の骨も、ぴったり適合するように削られた。

こうして移植用の手とわたしの腕との形の調整が済み、プレートとボルトで接骨する作業が始まった。続いて動脈同士、静脈同士、リンパ管同士を縫い合わせる。外科手術用顕微鏡をのぞきながらの、きわめてデリケートで、きわめて高い精度を要する手術である。血管類は直径がせいぜい2～3ミリしかないが、詰まったり漏れたりすることのないよう完璧に縫合しなければならない。

縫合が済むと、血行が再開された。のちに手術の様子を撮影したビデオを見たが、それは胸の熱くなる光景だった。青白く生気のない手が、血液の循環とともにバラ色に染まっていく。まさしく命のよみがえりだった。

神経と腱が1本ずつ縫い合わされた(手には腱が、それぞれ21本ずつある)。これは、きわめて重要な手術だ。手が感覚と運動機能を回復できるかどうかは、これ次第なのだ。

次いで筋肉がつなぎ合わされ、最後にドナーの皮膚の端とわたしの皮膚のそれとが折り合わされて縫合された。

わたしの腕は両方ともギプスをはめられ、わずかに血流監視のための指先が包帯からのぞくだけになった。

手術は真夜中ごろに終わった。18時間の大手術だった。二つの医療チームがそれぞれ18時間にわたって作業をリレーしながら、細心の注意と比類ない技術をもってわたしの手の治療に奮闘した。
次は、手の蘇生処置だった。

9

新しい手

手の蘇生処置は2週間、続いた。病院はわたしのために、2病室をつないだ特別室を用意してくれた。

麻酔から覚めると、本当に手のひらができたのかどうか、わたしは真っ先に尋ねた。手術チームの全員が交替でわたしの枕元に詰め、少しでも異変はないか、指先に一つでも紅斑が現れないかと仔細に見張っていた。

初めの1週間に、ちょっとしたトラブルが二つ起きた。一つは、血清病だった。拒絶反応抑制剤サイモグロブリンの副作用で、全身に発疹が出た。

ある朝、わたしは無数の蚊に刺される感覚に襲われて目を覚ました。気が変になるほど痒《かゆ》かった。しかし体を掻く手はなく、何もすることができない。さいわい、痒みを抑える薬を医師がすぐに点滴してくれた。

高血糖症にもかかったが、これもひと月後には正常に戻った。

定期検診でリヨンにやってきたハラムが、術後のわたしを見舞いに訪ねてくれた。

「ドニ、気を強くもって集中力を切らさずに、何よりもリハビリに励むことだよ」

ハラムは元気そうで、自分の手にも満足している様子だった。励みになった。彼は一種のスターになり、テレビと新聞にさかんに登場していた。

わたしにとって最大の難行は、包帯の取り替えだった。わたしの手はギプスで固められていたが、石膏は容易に剥離した。そこで、包帯を毎日巻き直す。最初、わたしは正視できなかった。見るのが怖かった。デュベルナール教授は何度も言ったものだ。

「ドニ、ごらん。すばらしい手だよ」

少しは慣れなきゃ、と思い、チラッと視線を走らせた。なんとも奇妙な気分だった。両手が戻ってホッとした、などという気分では全然ない。わたしは魅了されると同時

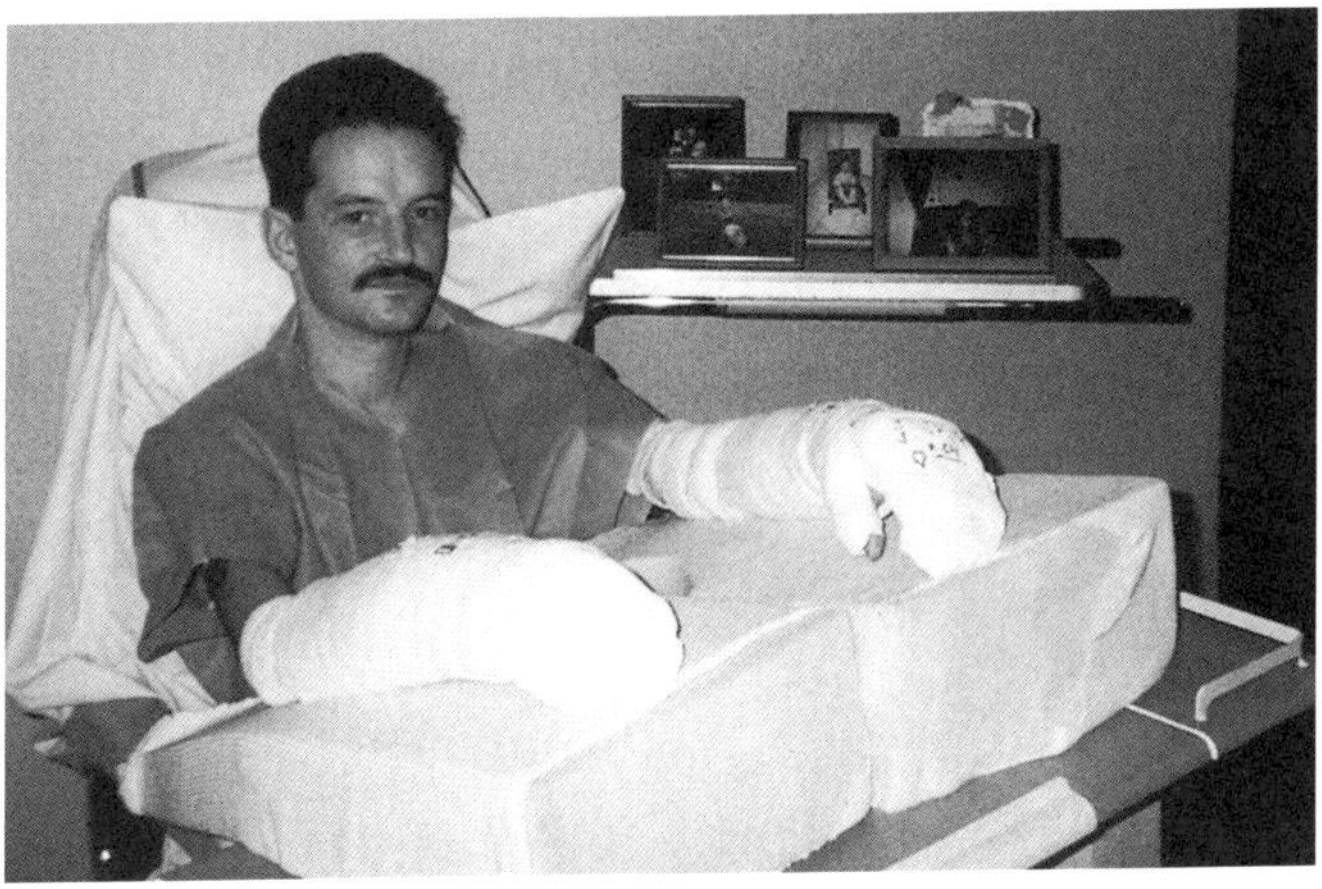

手術から2週間後の2000年1月、リヨンで。ふたたび他人に頼り切りの状態だった

に、恐怖していた。少しも気持ちのいい眺めではなかった。移植されたばかりの手は、当然ながら、むくんで生気がなかった。それでもわたしは、少しずつ慣れていった。初めのうちは「その手」と呼んでいたが、やがて感覚が戻ってくると慣れが速まり、わたしは「この手」と呼ぶようになった。なんとか自分の手と思うことができた。

手に機能してほしければ、どっちにせよ手と協調しなければならない。術後、はやばやとリハビリが始まったのだから、なおさらだ。リハビリはエドゥワール＝エリオ病院の運動療法士の指導で1日2回のペースだった。ひと月後にはヴァル＝ロゼーの機能回復センターに行き、そこで本格的なリハビリ訓練を受けることになる。

リハビリ・プログラムは当初、受動的だった。運動療法士がわたしの指を動かしてみせる。そのあとすぐ、自力で動かすよう命じられる。指を動かすには、非常な集中力を要した。どうがんばっても、ぜったいに動かない気がした。

蘇生処置室から解放されて病室に戻ると、ギプスに聖水を注ぐことはできないものか、とわたしは考えた。ルルドの聖母像がわたしを見守っている。そうにはちがいないが、聖水があれば手の癒合と機能回復がきっと速まる、と思った。看護婦の一人がこっそり、コップ1杯の聖水を飲ませてくれた。［ルルドはフランス南西部、ピレネ山麓の町。カトリックの聖地。町の泉の水には傷病の治癒効果があると信じられている］

デュベルナール教授が、これを知って激怒した。わたしは腹を下したのだが、原因は聖水にちがいないと教授は考えた。教授の命令で、聖水が分析に掛けられた。しかし、疑わしいものは何も検出されなかった。わたしの腸の不調は実のところ、拒絶反応抑制剤のせいだった。

医療スタッフは全員、わたしに優しかった。これほど親切に、これほど心を込めて世話を焼いてもらったことは生まれて初めてだったと思う。わたしは新たな家族を、思いやりがあって心の温かな、本当の家族を得た思いがした。わたしは、自分では何もできない。枕元を次々に訪れる男女の看護師が、何もかも手助けしてくれた。赤ん坊に食事をさせるようにわたしに食べさせ、ていねいにわたしのひげを剃り、口ひげを刈り整えてくれた。

毎日、定時に大量の錠剤をのまなければならなかった。拒絶反応抑制剤だ。それをわたしは「おやつ」と呼んでいた。看護師によく軽口を叩いたものだ。

「ねえ、ぼくのスマルティを忘れないでよ！」「スマルティは、マーブルチョコに似た菓子」

移植された手は手術後数か月で汗をかくようになり、毛と爪が伸び始めた。ドナーの肌はわたしより白く、生えてきた毛はブロンドだった。それは、新しい手が本当にわたしのものになった瞬間だった。すべて元どおりになる。組織の癒合は、非常にうまく行っていた。免疫抑制治療にも、わたしは耐えた。治療計画を作成したのはルヴィヤール教授だが、最初からわたしに付きっきりで治療に当たってくれたのはパルミーナ・ペトルッツォ教授だった。

教授は、人の言葉によく耳を傾ける女性だ。わたしにも、大きな力になってくれた。ある夜、わたしは自棄《やけ》を起こした。実際、絶望的な気分だった。治療は永遠に終わらないのではないか、という気がしていた。移植された手が動き出すまでには、気が遠くなるほどの時間がかかる。そしてリハビリは、形容を絶するほどつらい。出口がまるで見えなかった。

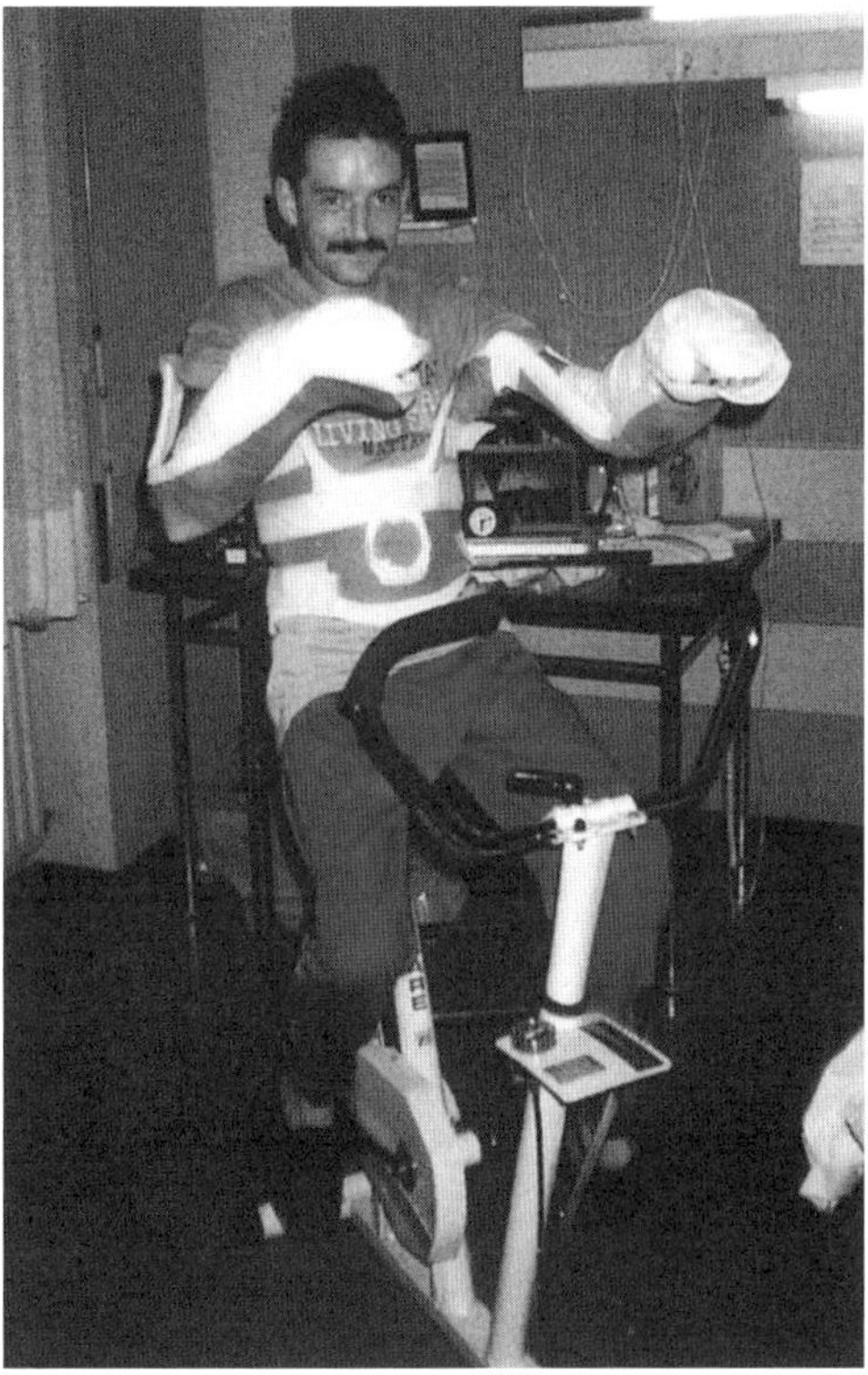

2000年4月、病院の個室で。筋トレのためにトレーニング・バイクを入れてもらった

おまけに、わたしはひどく孤独だった。家族は見舞いにやってこなかった。イザベルと子供たちにとって、リヨンは遠い地の果てなのだ。わたしたちの一族は、気軽に旅に出たりしない。自分の城に閉じこもっている。汽車には乗らないし、まして飛行機にはぜったいに乗らない。

たしかに電話というものがある。しかし、顔を見るのとはちがう。わたしは落ち込んだ。切れかかっていた。

ペトルッツォ先生は一晩、そばにいてくれた。人生について宗教について、ものすごくたくさん話をした。先生はイタリア人で、敬虔なカトリック教徒だ。わたしに言った。

「ドニ、がんばるのよ。あなたのために、あなたの子供たちのために。一つ、指切りしましょう。もしもあなたがこの試練に耐え抜いたら、ローマに連れて行って法王様に会わせてあげるわ」

この世界初の手術が、やがて引き起こした世間の反響は、わたしの予測を大きく超えていた。まさしく大事件だった。デュベルナール教授とビュルルー先生に前もって聞いてはいたものの、まさかこれほどの大騒ぎになるとは夢にも思わなかった。

手術から3週間後の2月7日、わたしはリヨンで記者会見を開いた。車椅子に座り、ギプスをはめた腕を掲げるわたしの写真が、世界中を駆けめぐった。腕を掲げる。それは、わたしのVサインだった。テレビ、新聞、ラジオ、あらゆるメディアが詰めかけた。わたしは質問の集中砲火を浴び、同じ返答を果てしなくくり返した。

「手術のおかげで、わたしは生きる喜びを取り戻しました。本物の手ができたんです。義手はもう、いらないんです。いままでは、子供を抱こうとすれば痛い思いをさせないように義手を外さなければならなかった。でもこれで、子供の頭を撫でてやれます。リハビリはきっと、長くてつらいことでしょう。しかし、やり抜いてみせます。わたしは神を信じる。神様が助けてくださる」

オウムになったような気分だ。しかしそれでも、わたしは歓喜と熱狂の渦に包まれていた。

デュベルナール教授とそのチームの満足げな様子もうれしかった。彼らのためにも、移植の成功をわたしは願った。

わたしの両親やイザベルは、わたしの顔をテレビで見て目を疑った。子供たちが騒ぎ立てた。

「パパだ！　新しい手をつけてる！」

両親も兄弟も姉妹も、皆あっけに取られていた。手の移植手術を受けることを、わたしは彼らに話していなかったのだ。知っていたのは、イザベルひとりだった。あとになって、なぜ黙っていたのだと父に訊かれて、わたしは答えた。

「2000年の新年のプレゼントにしようと思ったのさ」

のちにどんな目に遭うことになるか、そのときはまだ、わたしは予感すらしていなかった。一夜にして有名になるのは、大変なことだ。人はもはや、それまでと同じ目では見なくなる。やきもちを焼き、悪意を抱く者も現れる。自分の体が自分の自由にならなくなった気もする。しかし、そんなのは序の口だった。

一番おかしかったのは、カナル・プリュス［テレビ局］があやつり人形のようにわたしに演技させたときだ。わたしは首にタオルを巻き、車椅子の上で腕を突き出して

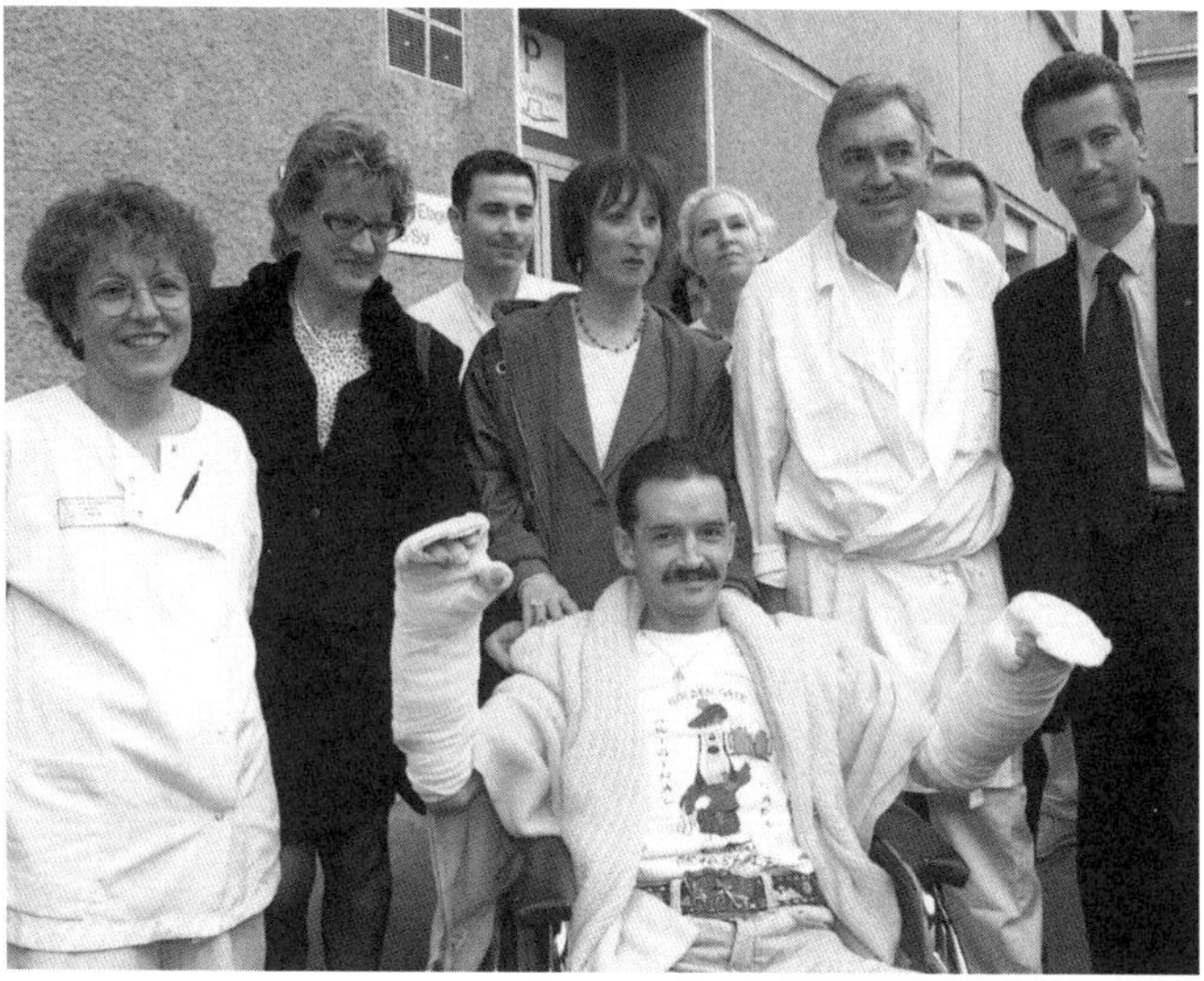

2000 年 2 月 13 日、リヨンにおける初の記者会見。世界中に中継された。わたしの右側にデュベルナールとマルコ・ランツェッタの両教授、うしろに看護スタッフ

すごんだ。

「かかってこい、マイク・タイソン！」

病院のスタッフが全員、テレビの前で腹を抱えた。

手術の数週間後、わたしはリヨンから数キロ離れたヴァル＝ロゼーに送られた。新しいステップの始まりだ。しかし、少しも楽になったわけではなかった。

10 機能回復訓練

ヴァル＝ロゼーは機能回復センターの一つで、リヨンの北10キロほどのサン＝ディディエ＝オ＝モン＝ドールにある。

毎週わたしはリヨンに戻って一連の検査を受け、デュベルナール教授のスタッフ会議に参加した。血液検査や、皮膚科専門医の行うバイオプシー［生体組織検査］を受けた。わたしの皮膚の状態を継続的に調べる検査だ。精神科医のビュルルー先生やバックマン先生の問診も、長時間にわたって受けた。

3月初めの検査で、わたしの皮膚に小さな紅斑が見つかった。拒絶反応の兆しだった。すぐさま実施されたバイオプシーの結果も、拒絶反応を示していた。わたしはうろたえた。拒絶反応が起きるかもしれないとは聞いていたが、タカをくくっていたのだ。免疫抑制処置が強化され、コルチゾン軟膏をたっぷり塗られた。そのおかげで、2週間後には笑い話になった――と、わたしは思っていた。だがひと月後に、また同じことが起きた！　同じ治療が行われ、同じ結果になった。しかし今度は、うまく行った。拒絶反応の兆候は、二度と現れなかった。

ヴァル＝ロゼーは、形成外科や心臓病の患者、あるいは事故で外傷を負った人々を収容する大規模な治療センターだ。かつて地所に建っていた城は破壊されて、いまは跡形もないが、庭園は無傷で残っている。モン＝ドール山の麓に17ヘクタールの森が広がり、すばらしい散歩を楽しめる。

センター自体はコンクリート造りの近代的な建物で、内科の医局3と外科の医局2を備えている。患者は50人ほども収容できる。リハビリのためのジムや物理療法室に作業療法室、鉱泉治療棟もある。

内科部長のベルナール・ヴァレ博士が、わたしの主治医になった。わたしは、よく分かっていた。手は眺めていれば、自然に動きだすわけではない。わたしの手は、生まれたばかりの赤子なのだ。守り育て、少しずつ歩けるように助けてやらなければならない。関節の柔軟性を保つように努め、筋肉と腱を絶えず動かして、4年前に失った手の知覚と運動能力を取り戻さなければならないのだ。

神経組織がどの程度まで回復しているか確かめるため、リハビリ指導士のドミニク・スマールの助けを得て、わたしはタイネル兆候テストを定期的に行った［タイネル兆候＝障害部位を軽くたたいて感じ取る放散痛。知覚神経障害の判定に役立つ］。指先を次々に手のひらにぶつけて、何か感じるか確かめるテストだ。テストを続けて4か月めに、ようやく手のひらに当たる指を知覚できた。指先の感覚も次第に戻ってきた。感覚は、身を守るために非常に重要だ。痛みや冷たさ、熱さは、ぜったいに感じ取れなくてはならない。さもないと、それと気づかないで火傷や切り傷を負ってしまう怖れがある。

ものの手触りや形を認識するための訓練もあった。目隠しをされ、右手と左手に交互にものを載せられて、それを認識するのだ。冷たいものもあれば、熱いものもあった。熱いものに触れて思わず手を引っ込めたときのことは、いまもはっきりと覚えている。熱っ、と反射的に手が動いたことが、たとえようもなくうれしかった。さらに、指を1本ずつ針でつつくテストを受けた。どの指を刺激されたか、わたしは親指、人差し指などの名前を挙げて正確に答えられるようになった。また、なめらか、柔らか、ザラザラ、ゴツゴツ等々、さまざまな感触の違いも認識する必要がある。半年後、わたしは手に触れるすべての感触をほとんど識別できるようになった。

わたしの手は初めのうち、「サルの手」状態だった。指が内側に丸まり、サルの手のようにつねに握りこぶしを作っていた。医学用語では、これを「手指の屈曲拘縮《こうしゅく》」というらしい。毎日させられる訓練には、この障害を克服する目的もあった。「サルの手」を引き起こしていたのはわたし自身の筋肉、つまり、わたしの前腕の筋肉だ。この筋肉が、ドナーの手の小さな筋肉（内在筋）よりも強いせいだった。そこで、手のひらが広がるように、指を伸ばす訓練をしなければならなかった。

リハビリ訓練は毎日6時間、課された。クリント・ハラムが「気を強く持て」と励ましてくれた理由が、つくづくよく分かった。しかし、わたしはくじけなかった。急

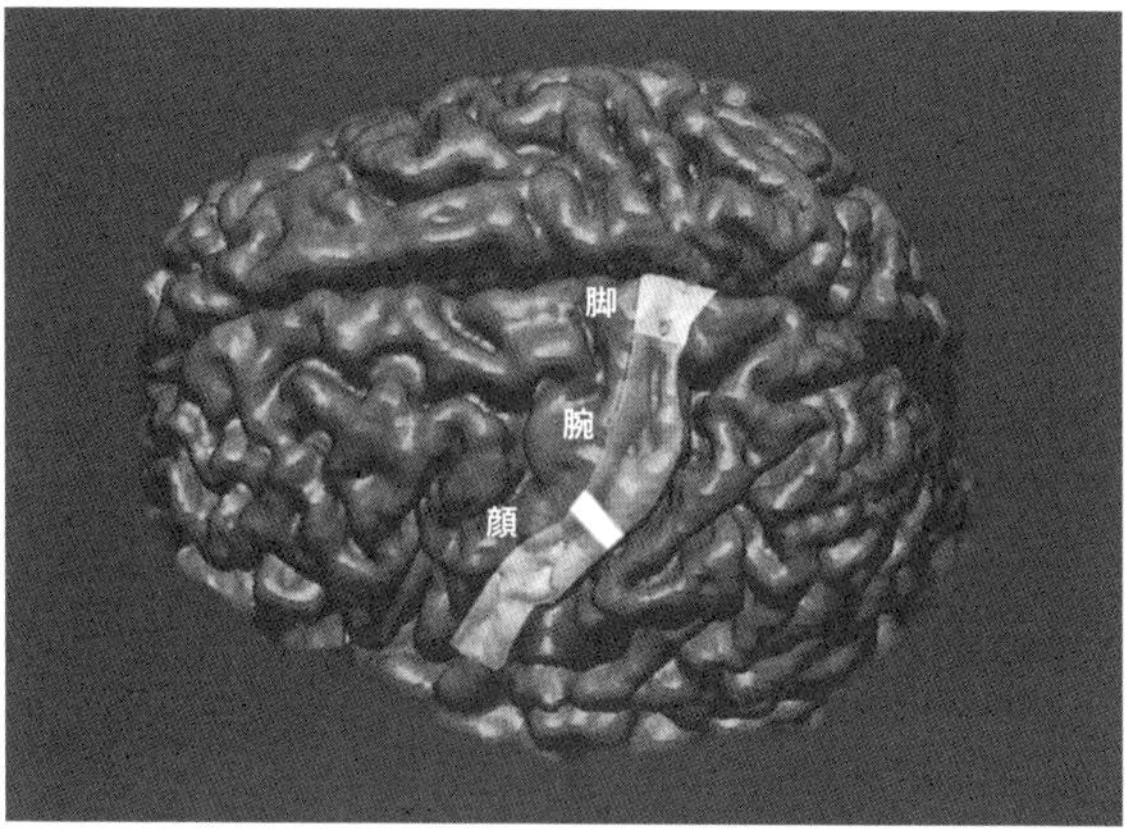

事故後、移植手術を受けるまでのわたしの脳。手に関連する皮質野（白い部分）がほとんど消滅している

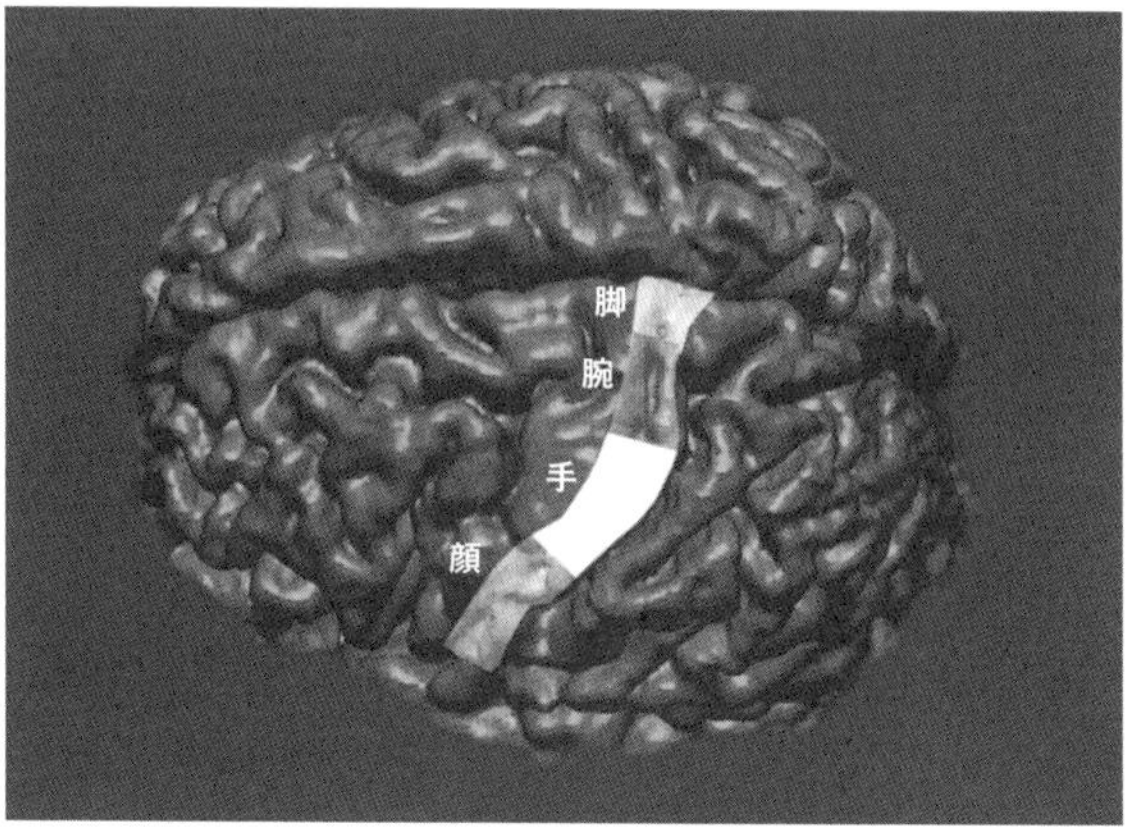

手術後 18 か月目の脳。手の皮質野（白い部分）が正常に戻り、ニューロンの活動が回復した

速に進歩している実感があった。わたしの機能回復は、手や指を事故で切断した人の自家移植の場合よりも速いようだ、とデュベルナール教授も請け合ってくれた。

バイオフィードバック（生体自己制御）の検査は、非常に興味深かった。手に電極を着け、指を曲げる指令を出すと、それが目に見える形になってオシロスコープのスクリーンに現れる。

手足を失う事故に遭えば、身体図式「自分の身体の各部がどのような位置関係にあるかの認識」はもはや以前と同じではない。新たな体のイメージを脳が蓄えるのを助けなければならない。

そのため、わたしは眼を閉じて自分が何かすることを、たとえば親指と人差し指を触れあわせることを頭に思い描いた。ビー玉遊びをしていたころを思い出させる動作だ。脳は活性化していれば、意図した動作に反応する。

リヨンに戻れば、手の運動に関わる大脳皮質の運動野《や》の成長具合をアンジェラ・シリグ医師とともに確かめた。手を失ったあと、ほとんど消滅していた部分だ。手術から6週間後、運動野はよみがえり、発達し始めていた。

リハビリ指導士と6時間一緒に過ごしたあと、病室に戻ってからもひとりで訓練を続けた。夕方や週末、わたしは退屈しきっていたから、いい暇つぶしになった。際限なく指を開き、親指と人差し指を触れあわせる練習をした。ベッドの縁の丸みを利用して、親指を動かす訓練をした。小さなコイン形のチップを貸してもらい、それをつまむ練習をした。できるだけ早くリハビリを達成したいと、心の底から思っていた。

絶えず指を動かす習慣は、いまも続けている。チック症［不随意筋のけいれん］にかかったのではないかと疑われもするが、指が意思どおりに反応するのを、わたしはつねに確かめていたいのだ。

ヴァル＝ロゼーに入院していたとき、激しい悲しみに襲われた。最愛の長兄クロテールが、わたしの事実上の親代わりで、ただ一人リヨンまで見舞いに来てくれたあの兄が、バイクの事故で死んだのだ。奇妙な暗合だった。わたしのドナーも、同じ事故で死んだ。ただでさえ孤独をかこっていたところへ、この悲報。わたしはがっくり気落ちした。施設のスタッフが総出で慰めてくれた。

6月になってヴァル＝ロゼーを退院し、わたしは自宅により近いラロシェルの機能回復センターに移った。入院中の数か月間、ロシュフォールに36時間戻ってイザベルと子供たちに口づけする許可が出たのは一度だけだった。

11

日常生活に戻る

7月、わたしはようやく海辺に戻った。潮の香りが恋しくてならなかった。子供たちは、なおさらだ。

初めのうちはラロシェルの機能回復センター、ヴィラ・リシュリユーに入院して、週末だけロシュフォールの自宅に帰っていた。しかし、夏が終わるころには早くも退院許可が出て、週日の朝9時から夕方5時まで自宅からリハビリ・センターへかよう形に変わった。朝タクシーがわたしを迎えに来て、夕方家に送り届けてくれる。まるでサラリーマンの勤務生活だ。

ヴィラ・リシュリユーのスタッフは、ヴァル＝ロゼーの人々に劣らず有能で親切だった。ドニ・ヴィアル医師がわたしの主治医になり、運動療法士のフィリップ・ヴァムールがわたしを指導してくれた。

リヨンにいたときと同じく、あらゆる種類の訓練を受けた。色とりどりの円錐形や四角形の積み木を組み合わせる。ほとんど幼稚園児に戻った気分だ。わたしは、すべてを一から学び直さなければならない。初めは、大型の立方体を三角柱に載せるのがやっとだった。しかし、すぐに1センチ角の小さなキューブも扱えるようになった。わたしに言わせるなら、長足の進歩だ。

腕のギプスは外れたが、まだプラスティック製の添え木を使っていた。手を保護して、不自然な形に曲がったりしないようにするためだ。指は、ますますしなやかに動くようになった。

作業療法の一環で、かごの編み方を教えられた。編み上げられたのは、わたしにしては大手柄だ。息子ブランドンのベッドの頭上に飾るために、翼が動くカモメの木像を造った。船の模型も造り、ともにわれながら見事な出来映えでわたしは鼻高々だっ

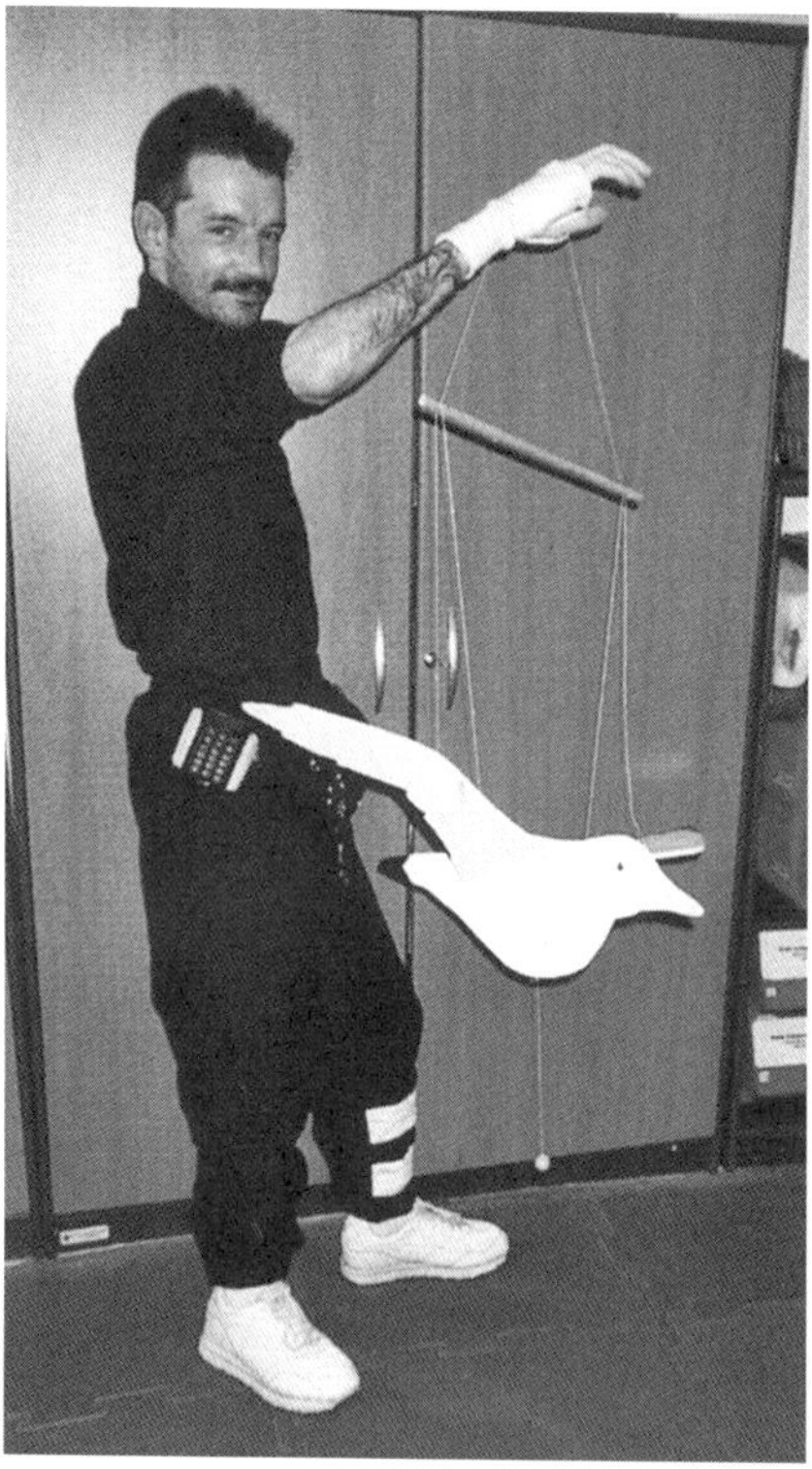

2001年、ラロシェルの機能回復センター、ヴィラ・リシュリユーで。ブランドンへの贈り物に木製のカモメを作ることができて、わたしは得意満面だった。カモメの動く翼は、事故のあとでベッドの上に現れた手の幻覚を連想させた

た。カモメ像の翼は、事故の直後にベッドで見た、宙に浮かぶ手の幻影を思い出させた。

食事は、フォークをゴムバンドで手に縛りつけてもらい、ひとりでできた。特製ナイフと滑り止めつきパン切りボードも与えられ、わたしはこうしてセンター側の配慮で徐々に日常生活に慣れていった。自宅では、朝のコーヒーを自分で淹《い》れることもできるようになった。ガスレンジのつまみをひねって湯を沸かし、ネスカフェのびんのキャップを自分で開けるのだ。

ついには自分で顔を洗い、ひげを剃り、髪を整え、口ひげを撫でつけることさえできるようになった。しかし、難物は靴下だ。ひとりでは、はくのにひどく手間取った。裏返ったセーターの袖を戻すのも、同様にむずかしかった。

新しい手をつけた父親を見て、子供たちは目を丸くしていた。ブランドンはわたしの手にキスし、わたしはとうとう息子の頭を撫でてやることができた。

イザベルに関しては、子供たちほどことは簡単ではなかった。わたしが一夜で有名になった事態に、妻はどうしてもなじむことができなかった。ロシュフォールに戻る

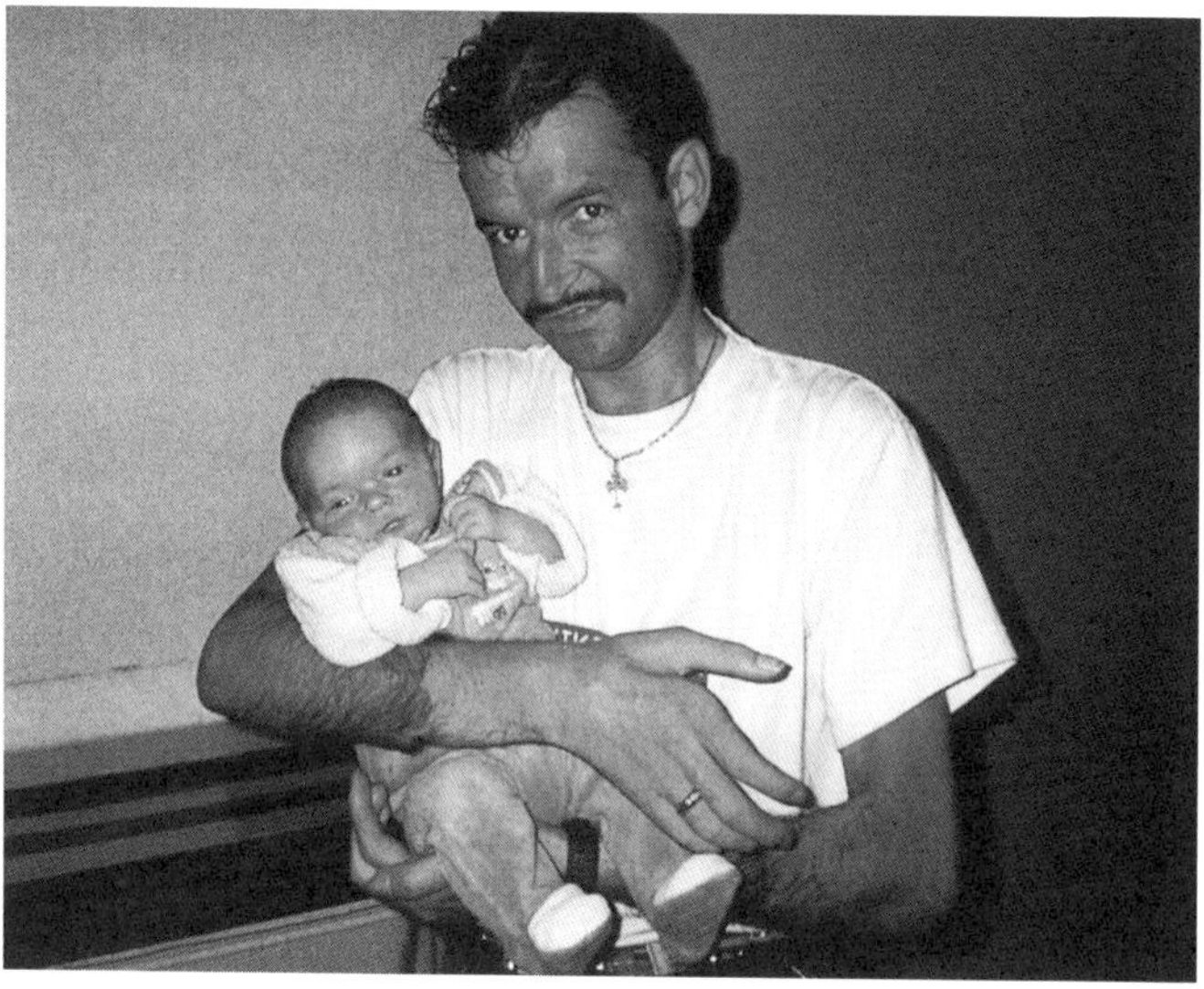

2001年7月4日、娘ジョアナの誕生日に。新しい手で抱き上げることのできた最初の子供だ

なり、わたしは町の寵児になった。メディアのインタビュー申込みが殺到し、大量の記事が紙面に躍った。テレビ局はわれ勝ちに、わたしと家族のプライベートな暮らしを撮影したがった。

わたしがリヨンで入院していたとき、イザベルは一度も見舞いに来なかった。車に乗る、汽車に乗ると考えただけで、彼女は気分が悪くなるのだ。移植手術のあと、病院から外出許可が出たからよかったものの、さもなくば、わたしは妻にも子供たちにも一度も会えないところだった。入院中わたしが若い看護婦にちょっかいを出すかもしれないから用心しろ、とだれもが彼女にささやいた。

離ればなれになり、再会し、そしてまた留守にするとイザベルは、わたしを責めた。マイケル・ヒューズが彼女を撮影しようと望んだが、返事は「ノン」だった。さまざまな新聞がわたしについて、日々の暮らしについて、子供たちや子供たちが父の手の手術をどう思っているかについて彼女に取材しようとしたが、返事はつねに「ノン」だった。

わたしの周囲の人々はメディアの侵入に対し、決して我慢しようとしなかった。イザベルだけではない。両親も兄弟も姉妹も、ジャーナリストが近づいてくるとみな逃げ出した。

仕方がないのだ、とわたしは力説したが無駄だった。嫌でも応でも、わたしが世界初の両手同時移植を受けた事実は変わらない。それは、めったにない出来事なのであり、大衆が手術の顛末《てんまつ》とその後を知りたがるのは当然だった。わたしにすれば、手足に障害を持つ人々に希望を与えられるチャンスでもある。移植手術が成功したことを彼らに証明したかった。

信じる者が救われるように。

12

ローマ法王に謁見

2000年8月29日の朝、デュベルナール教授の助手のマリー＝ピエール・オボワイエが電話を掛けてきた。

「ドニ、旅支度をして。今夜ローマへ発つのよ。飛行機のチケットを用意しといたわ。明日の接見で法王様と面会よ」

ローマ法王は毎水曜の朝、ローマのサン＝ピエトロ広場で一般接見を行うほか、選び抜かれた少数の信者と個人接見をする。

その日、ローマでは移植手術に関する国際会議が開かれ、デュベルナール教授と彼のスタッフの一部が参加していた。会議でヨハネ・パウロ二世が講演した。人が死亡したと判断されれば、その瞬間から器官を取り出してもよい、との趣旨だった。わたしの移植手術が、法王の関心を引かないわけがない。ローマに親族のいるパルミーナ・ペトルッツォ医師とデュベルナール教授の申請に応えて、ヨハネ・パウロ二世はわたしとの個人接見を承諾してくれたのだった。

マリー＝ピエールの電話があったとき、わたしはジーンズにバスケットシューズ、Tシャツという出で立ちだった。スーツとワイシャツ、革靴をボストンバッグに突っ込み、飛行機に乗るためボルドーへ直行した。

ローマに着くと、困ったことになった。ボストンバッグが行方不明になっていたのだ。法王様に謁見するというのに、着るものがない！　しかも店は、すべて閉まっている。わたしの治療薬さえなくなった。

さいわい、デュベルナール教授が窮余の一策を講じてくれた。教授のスタッフとわたしを一列に並ばせ、わたしと同じ背格好の人を選び出した。選ばれたのは移植手術専門医、リオネル・バデだった。彼はローマに1着だけ持ってきていた晴れ着（彼の結婚式で着用したものだった）とワイシャツ、ネクタイを貸してくれた。わたしたちが投宿したホテル、トルレ・アルジェンティーナの従業員に靴を借り、わたしはなんとか身なりを整えることができた。

2000年8月30日の水曜のことは、生涯忘れられないだろう。サン＝ピエトロ広場に行ってみると、世界中から訪れた信者の群れで埋まっていた。デュベルナール教授とわたしは、法王の御座所へ案内された。法王は大型の肘掛け椅子に座り、周りを枢機卿たちが取り囲んでいる。感動のあまり、膝が震えた。ヨハネ・パウロ二世は前に進み出たわたしの手を取り、ひた、と信じがたいほど強い視線でわたしを見据えた。法王の手からわたしの手へ、エネルギーのようなものが流れ込んでくるのを感じた。あの感覚は、死ぬまで消えないだろう。法王はわたしの勇気をたたえ、わたしを祝福し、わたしの手が長く無事に保たれるよう祈ろう、と約束してくれた。

わたしは雲の上を歩いている心地だった。ペトルッツォ先生は、約束を守ってくれた。わたしの願いは、かなえられた！

そのあと、ローマ市内を見物した。サンタンジェロ城、トリニタ・デイ・モンティ

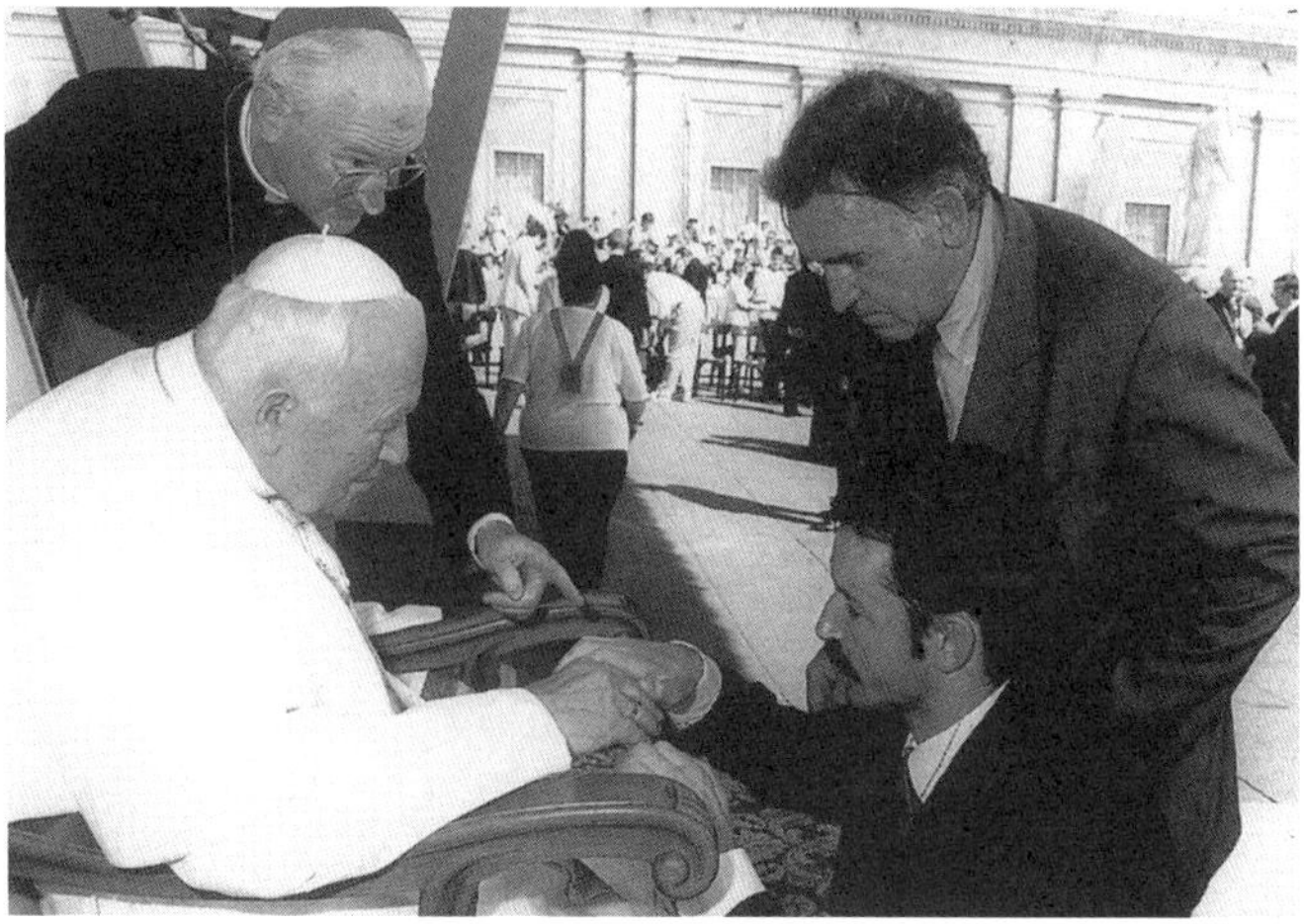

2000年8月30日、ローマのサン＝ピエトロ広場でデュベルナール教授とともにローマ法王ヨハネ＝パウロ二世に謁見。生涯忘れられない1日になった

教会、フォーロ・ロマーノ（フォルム・ロマヌム）、コロッセオ（円形闘技場）。ヴェネツィア広場のヴィットリオ・エマヌエーレ記念堂は、巨大なタイプライターを連想させた。トレヴィの泉ではもちろん、この永遠の都に戻ってくることを祈ってコインを投げた。人生で最高の1日だった。

わたしが非常な感動を受けるときは、たいてい宗教がからんでいる。ルルドへの巡礼に初めて参加したのは二十歳《はたち》のころで、放浪の民の司祭に連れて行ってもらった。ボルドーから乗った汽車には、病人が多数乗り合わせていた。10月の第1週に行われるロザリオの巡礼に参加した人たちだ。希望に胸ふくらませてルルドへ向かう傷病者、障害者たちの大群を見ると、いつも畏怖の念に圧倒された。あのころ、わたしはしばしば担架担ぎを買って出たものだ。

事故に遭ってから、わたしは毎年ルルドを訪ねて、手を返してくれるよう神と聖母に祈った。巡礼たちを覆う熱情のすさまじさは、形容するのもむずかしい。訪れる巡礼の数は毎年300０人を数え、数千人の看護師や修道士が彼らに付き添う。数百人のガイド嬢と監視員が行列を規制し、だれもが平等に奇跡の洞窟［聖母が出現したとされる場所」に近づけるように計らう。

大聖堂前の広場では、熱烈にして壮大な野外ミサが執り行われる。祈祷の仕方は、独特のものだ。病を抱えた巡礼は1998年以後、松明を焚いた祈祷所で、飾り立てられた町の通りのどこからでもミサに参加できることになった。典礼はロザリオの祈りを3回くり返すが、この祈りはロザリオの数珠玉をつまぐって一巡するあいだに「アヴェ・マリア」を10回となえる動作を5連《れん》くり返す。「ロザリオの巡礼」という呼び名の由来を、わたしは初めのうち正確には知らなかった。ロザリオの祈りをくり返すから、だけではないのだ。中世の聖母像にバラ冠を被せる習わしにも由来するのだと、のちになって知った。バラは、聖母マリアに捧げる祈りの象徴である。

2000年にも、いつものように聖地を訪ねる旅に出た。法王謁見の数週間後だった。運動療法士が一人、旅先まで付き添い、現地では別の療法士がわたしの世話を引き継いだ。たとえ1日でも、リハビリを休むわけにはいかない。

今度の旅は、手を返してくれるよう神に祈るためではなかった。その願いは、かなえられた。しかし、別の務めがあった。かくも多くの恩恵を与えてくれたドナーとその遺族のため、洞窟にバラを捧げるのだ。彼らにもらったプレゼントを、わたしは決して忘れないだろう。いくら感謝しても感謝し尽くせない。

遺族と面会する気はないか、と時に問われることがある。しかし彼らに会えば、最初に行う動作は握手だろう。わたしは、こう考えずにいられない。「彼らが握り返す手は、彼らの息子の手なのだ」、そう考えると、身の置きどころがない気がする。あまりに残酷だ。

病の癒えた人々が松葉杖や車椅子を奉納する場所に、わたしも義手を置いた。わたしは当初、見るのも嫌なこの義手をさっさと廃棄処分にするつもりだったのだが、家族が取っておいてくれたことをいまになって感謝した。

今度の旅では、巡礼の監視員や聖堂の管理責任を負うピカール師の出迎えを受けた。わたしはもはや無名の障害者ではない。

義手を自分自身の手で持つ。そこには格別の感慨があった。義手は重く、まだひ弱なわたしの手には余ったので、人に手伝ってもらってヨハネ・パウロ二世記念ホールの一隅に置き、わたしは祈りを捧げた。

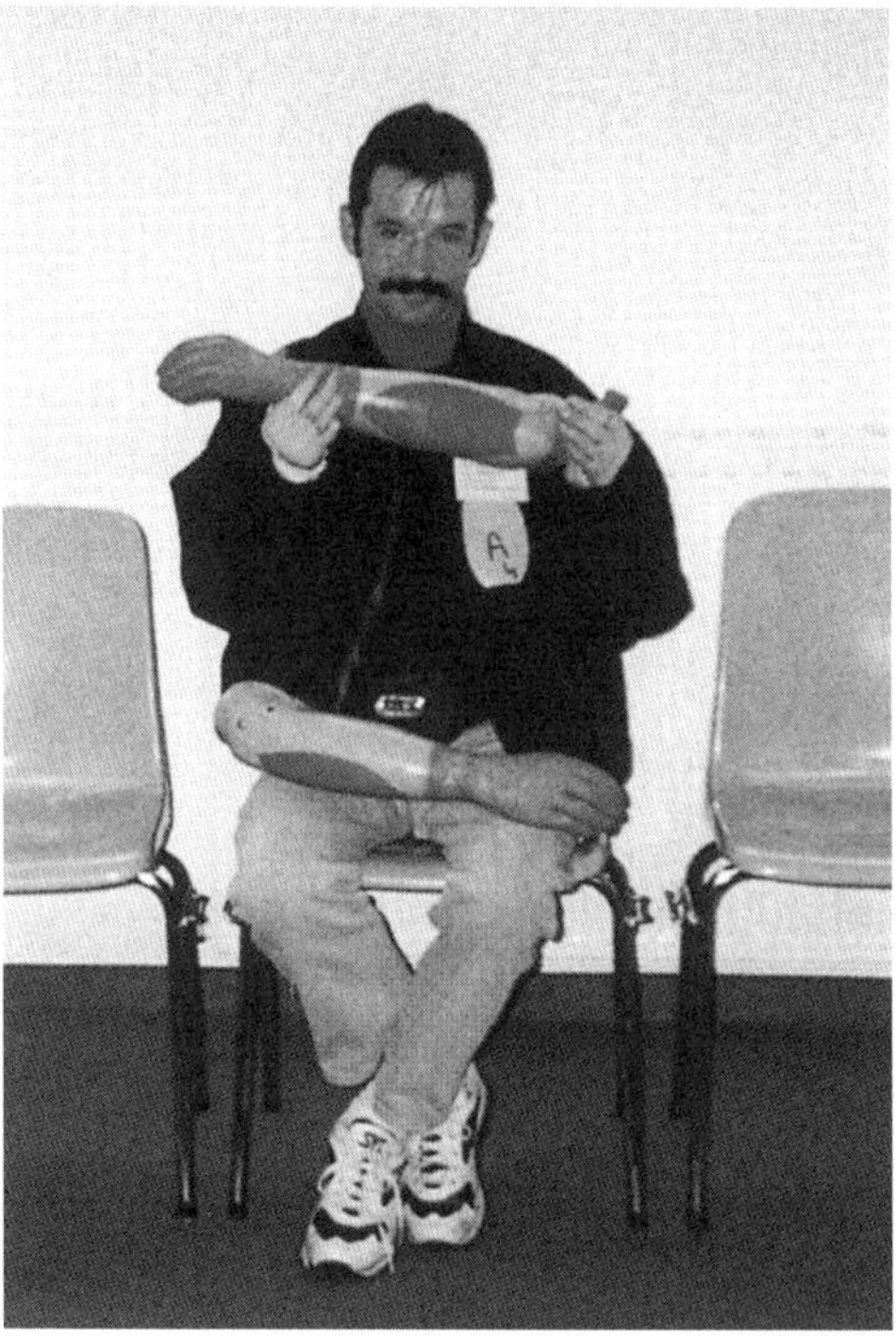

2000年10月、ルルドでわたしは聖母マリアに祈願成就を感謝し、義手を奉納した

「マリアよ、主よ、感謝します」

「わたしの手」を取り戻す闘いで、信仰が果たしてくれた支えは限りなく大きい。神を信じていなかったら、わたしはいまこの世になかっただろう。生きるエネルギーを、わたしの口癖の「生きる情熱」を得ていなかっただろう。

それでもやはり、苦しい時期は長かった。

13

有名税

法王に謁見したあと、２０００年と01年は旅とインタビューが相次いだ。わたしは、あちこちに出没した。

まず、テレビ。マイケル・ヒューズの制作したわたしのドキュメンタリーが、『アンヴォワイエ・スペシアル（特派員）』［公共放送フランス２《ドゥー》のルポ番組］で２０００年に放送された。『両手移植の男、ドニ』というタイトルだった。手術前の義手をつけたわたしの映像に始まり、移植のあらゆる段階とリハビリ期間の様子が逐一放送された。番組は世間の大反響を呼んだ。わたしにも、多大な影響があった。自分の身に何が起きたのか、いやというほど思い知らされたのは、この番組のおかげだった。

同じころ、ティエリー・アルディソン［テレビ・プロデューサー、キャスター］が始めた新番組『サ・サン・ヴァ・エ・サ・ルヴィアン（往く者、帰る者）』にも出演した。この数か月間、あるいは数年間話題になっている時の人をスタジオに招き、彼らの現在を視聴者に伝える番組だ。わたしはデュベルナール教授、クリント・ハラムと一緒に出演した。そのころクリントの手は調子が悪くなり、彼はデュベルナール教授を恨んでいた。彼の移植手術は、結局成功しなかったのだ。

しかし、断っておかなければならないが、クリントは治療計画にきちんと従わず、運動療法も充分励行していなかった。彼は手の再切除を望み、手術から2年余りのちの2001年2月3日に望みをとげた。

スタジオの空気は、とげとげしかった。わたしもデュベルナール教授も出演を承諾したとき、クリント・ハラムが同席するとは知らされていなかったのだ。その数週間前から彼は姿を消し、医療スタッフも消息をつかんでいなかった。

ジャン＝リュック・ドラリュー［テレビ・プロデューサー、キャスター］にもバイオニクス（生体工学）関係の番組に出演するよう、わたしは求められた。要するに特別番組やルポルタージュやインビューで、わたしは四六時中テレビに出ていた。

そのことが、きわめて不快な反響を呼んだ。特にロシュフォールで不快な目に遭うことが多かった。わたしが町の著名人になったことを多くの人々は喜び、わたしに笑顔で挨拶してくれた。しかし、度はずれた悪意を抱く者もいた。

ある日、通りで男とすれちがった。男はいやな目つきでじろじろ眺め、わたしを呼び止めた。わたしは痛打を食らった。

「あんたとは握手したくないね。その手は、手と呼べるかどうかもあやしい。どっちかというと鶏の足だ。大体、レイプされたか殺された人間のものだろ！」

思ってても見ない攻撃だった。わたしは言葉を失って立ちすくんだ。

タバコを買おうとカフェに入れば、わたしの手が本物か、死人の手でどうやってコーヒー・カップを持つのかと人々が尋ねた。嫌味も浴びせられた。

「こいつだ。テレビに出てる移植手術野郎だ。こいつの手術代、社会保障から出てんだぜ。つまり、おれたちが払ってるんだ。その手、切り落としてやろうか、まったく！」

こういう連中よりは利口なつもりで、わたしを底意地の悪いジョークのタネにする者もいた。

「おい、ドニ。気をつけろ、後ろを振り返ってみろよ」

「なんだ？」

「おまえ、手を片方、道に落としたぞ」

こうした言葉が人をどれぐらい傷つけるか、彼らは分かっていない。わたしはそのたびに心底、落ち込んだ。家に閉じこもり、何日も泣き暮らしたこともある。そういうときは移植の事実を、この手が他人の手である事実を、いやでも意識させられた。もうすっかり忘れていたにもかかわらず。

わたしが有名になったことを人々は妬んでいた。わたしがさかんにテレビに出演するので金持ちになったと思い込んでいた。しかし、テレビに何度出ようと懐に入ってくるものはほとんどなかった。

イザベルとの仲も、どんどん悪くなっていった。妻はおそろしい嫉妬のとりこになり、わたしが世界初の両手移植を受けた人物であることに我慢できなくなっていた。

彼女は絶え間なく愚痴をこぼした。

「世間中があんたに殺到する。もうたくさんだわ。あんたはいつも留守。わたしを愛してないのよ」

新しい手によって、わたしは改めて生きる意欲を与えられた。しかし、ある意味でそれはわたしの人生を破壊した。わたしの手術の模様を放送するのは当然だと思う。それは医学の勝利であり、障害を持つ人々に希望を与える快挙なのだ。しかし人々は、サーカスの動物を見る目でわたしを見た。それが耐えがたかった。

2001年の暮れ、わたしの術後の状態が良好なので障害年金を3分の2減額され、働きに出るように告げられた。仕事を探すにしても、いまのわたしにできる仕事は多くない。ペンキ塗りの仕事に戻ることは不可能だ。

イザベルは、彼女のいう「わたしの過ち」をもはや目こぼししなかった。わたしのテレビ出演と絶え間ない取材にも我慢しなくなった。ある日、冬のさなかにわたしを戸外へ追い出して宣言した。

「終わりよ。あんたの顔は二度と見たくない」

原因は、わたしがリハビリに通っているラロシェルのヴィラ・リシュリューで看護婦と浮気していると、人に吹き込まれたからだった。人々の中傷に彼女は逆上した。それに加え、ジャン＝リュック・ドラリューの番組に出演したとき、横に若い女性が座った。わたしが彼女を口説いたとイザベルは思い込み、妄想をふくらませた。

ジェイソンが生まれて間もないころだった。わたしは定職もなく街に放り出された。あるのは新しい手と、その治療とリハビリを続けなければならない事実だけだった。真冬にひとり、凍てつく寒気が身を噛んだ。

もはや妻も子供も金も住まいもない。イザベルとはそれまでにも何度かけんか別れしたが、そのたびに仲直りしていた。しかし今度は、本当に終わりだと感じた。

持ち物はすべて家に残し、わたしの手にはわずかな下着の替えがあるだけだった。ホームレスや浮浪者の収容施設、カベスタンを訪ねた。そんなところへ行くのは恥ずかしかったが、事故と手術ですでに多くの負担を掛けている親族には頼れない。選択の余地はなかった。

あれは、間違いなく人生最悪の時期だったと思う。出口のないトンネルに迷い込んだ気分だった。子供たちが、ひどく恋しかった。彼らの顔を一目見たいと思っても、イザベルはドアを開けてくれない。彼女の住まいにはいかがわしい連中や前科者が出入りし、わたしは子供たちが心配だった。

生後3か月で死んだ息子、ジョルダンの墓に詣でて何時間も涙を流したりした。

ある夜、カベスタンの暮らしがどうにも耐えがたくなり、わたしは冬のさなかに毛布1枚を持ってわたしたちのアパートに戻った。イザベルは相変わらず中へ入れてくれない。わたしは階段室で横になり、一晩中震え続けた。

酒量が増え、体調が悪化した。わたしは瀬戸際に追い詰められていた。昼間は街をうろつき、カフェで粘って時間を過ごし、夜カベスタンに戻る毎日だった。二度、こんな暮らしにけりをつけようと決心した。夜中にシャラント河のマルトルー鉄橋へ行った。投身自殺が多いことで知られる大鉄橋だ。手すりをまたいで飛び降りようとした瞬間、二度とも子供たちの顔が脳裏をよぎった。それが、わたしを引き止めた。子供たちの顔と、わたしの信仰が。

神はわたしに一命を取り止めさせ、わたしが手を取り戻すことを許してくださった。

その厚意を裏切ることができようか。

ありがたいことに、デュベルナール教授のスタッフとアンリ医師がわたしを放っておかなかった。わたしが精神的混迷から行方不明になったと知って二人は心配し、警察に捜索願を出した。2003年の1月、わたしは衰弱しきっていた。窮状を知ると、彼らはすぐさまリヨンにわたしを移送させた。わたしは入院し、温もりに包まれ、わたしを愛してくれる人々に囲まれた。あのすばらしい人たちは、わたしを立ち直らせてくれた。回復を速めるために2か月間、ヴァル＝ロゼーに入院する手続きも取ってくれた。

デュベルナール教授とアンリ先生は、ロシュフォールに住まいを見つけられるよう手配さえしてくれた。あれほどの仁徳にみちた人々は、ほかに知らない。さらにロシュフォール市役所に掛け合って、わたしの手でもこなせるパートタイムの仕事を見つけてもくれた。

こうしてわたしはトゥフェール街の狭いアパートに落ち着き、市役所の「自然環境目標」計画の仕事に就いた。

14

普通の男

ロシュフォール市役所の「自然環境目標」計画でパートタイムの仕事を始めたのは、2003年5月のことだった。

当初わたしの勤務は午前中だけで、8時半に出勤し、正午まで執務した。それから自宅に戻って昼食をとり、午後1時から2時半までは毎日、運動療法士のファン・メンデスとともに過ごした。

大掛かりなリハビリを要する者にとって、運動療法士の存在はきわめて重要である。ファンはわたしと同い年で、わたしはたちまち彼とうち解けた。妻と不仲になったことや子供たちのこと、街で見ず知らずの他人に嫌がらせをされることなど、悩みを数々打ち明けた。ファンはいつも親身に耳を傾け、しばしば力づけてくれた。わたしの術後観察を続けている人々同様、彼がいてくれたおかげでわたしは着実に回復した。

またいつかマラソンに出たいとも、わたしはずっと思っていた。そこでファンはトレーニングに、時折わたしを連れ出して走った。

午後4時半になるとわたしは子供たちを迎えに行き、彼らの母親のもとに帰すまでのあいだ、子供たちとのひとときを楽しんだ。

取材の申込みには、引き続き応じていた。デュベルナール教授と一緒にロンドンでテレビに出演したこともある。ユーロスターでロンドンへ渡り、駅で降りてみるとカメラマンの大群が待ちかまえていた。わたしたちは、テレビの特別番組の主要ゲストだったのだ。

このロンドン行きを企画したのは、わたしの移植手術に参加したハキム教授だった。ある朝、教授は豪華な車でロシュフォール市役所に乗りつけ、わたしにロンドン行きを求めた。ロンドン市中では、バッキンガム宮殿の威容にとりわけ目を奪われた。赤

2003年12月10日、パリの国民議会議事堂の庭で生存のシンボル、イチョウの植樹を行う栄誉をわたしは得た。デュベルナール教授、ピエール＝ルイ・ファニエ議員、ジャン＝ルイ・ドブレ国民議会議長が列席した

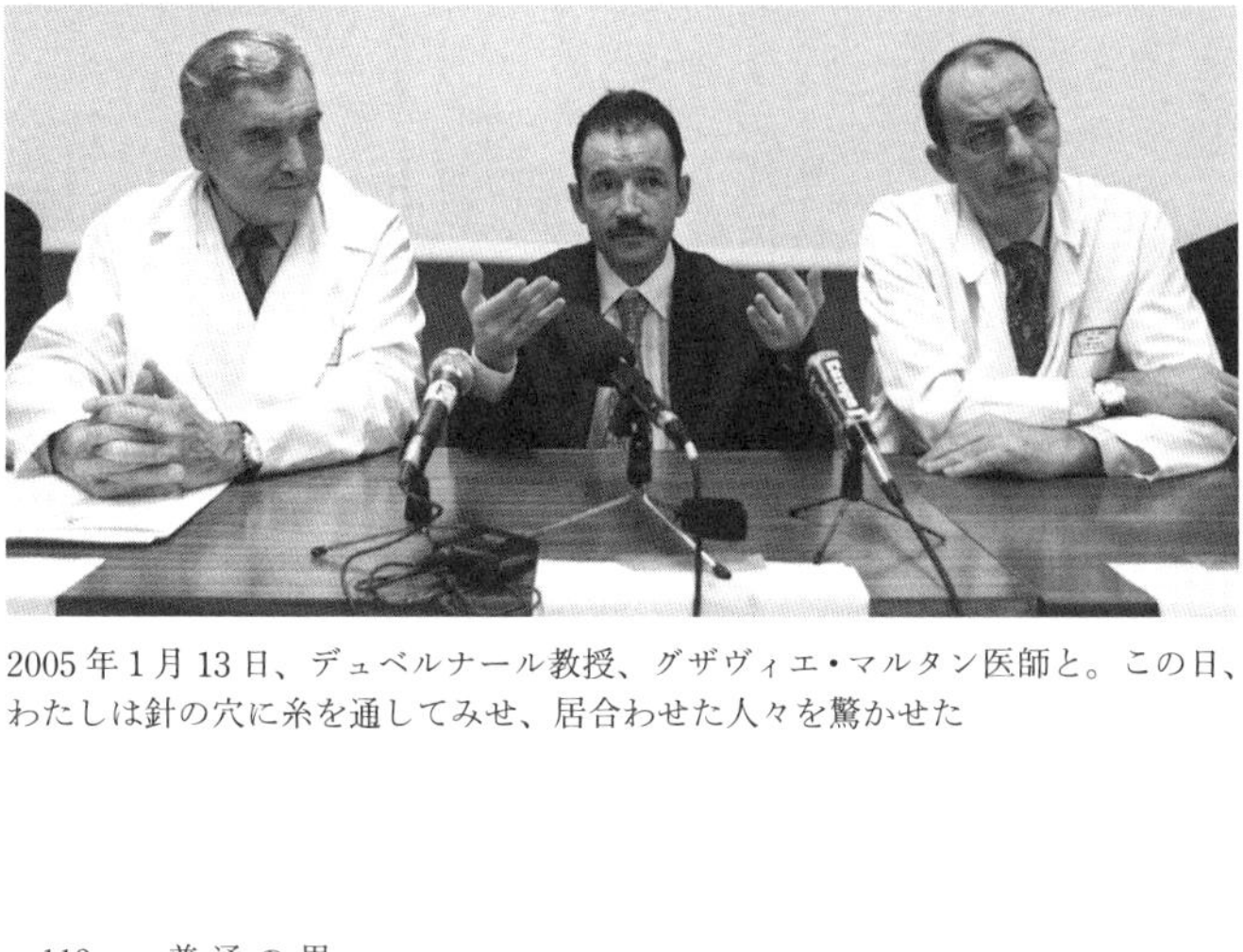

2005年1月13日、デュベルナール教授、グザヴィエ・マルタン医師と。この日、わたしは針の穴に糸を通してみせ、居合わせた人々を驚かせた

いバスを見ると、二階席に乗りたくてたまらなくなった。子供たちのおみやげに、バスのミニモデルを買って帰った。

デュベルナール教授が国民議会の議員を務めていたころ、わたしはパリの議事堂の庭にイチョウを植える栄誉を与えられた。イチョウは、ヒロシマの原爆に遭いながら生き残った唯一の木だ。そこで種の保存のシンボルになり、生体移植のシンボルにもなった。当時、議会ではバイオエシックス（生命倫理）に関して激論が交わされていた。イチョウの植樹は、ぴったりのタイミングだった。

現在、わたしは自分の手をかなりうまく使えている。記者会見の席上、針の目に糸を通してみせて手術後5年間の努力の成果を誇示したことも一度ならずある。デュベルナール教授さえ、目を丸くしていた。

2007年1月にわたしはロシュフォール市役所と本契約を結び、勤務時間4分の3のパートタイムで働きだした。おかげで週末は、いつも子供たちと過ごすことができる。

「自然環境目標」計画で、わたしはさまざまな仕事をこなしている。市役所の郵便をコルドリーの商工会議所へ届ける。パンフレットやポスター類を商店や学校に配る。自然環境に関する展示の設営に協力する。

鳥類保護連盟の委託で、捨てられた鳥の回収にも当たっている。鳥が傷や病を負っていれば獣医に診てもらい、死んでいれば焼却処分に回す。健康状態のいい鳥は、オレロン［ロシュフォール沖合の島］の飼育場へ送る。輸送用の空気孔つき段ボール箱へ鳥を入れるのは、わたしの役目だ。わたしの手は、かなり上手に鳥を扱えるようになった。

同僚はみんな親切だ。わたしの手は重い荷物に耐えられないが、それ以外ならほかの人と変わらず仕事ができることを、よく理解している。

術後検査のための定期的なリヨン通いも、まだ続けている。かつてわたしが入っていたV2病棟3階の病室を訪れ、医療スタッフと再会すると、いつも懐かしい思いがする。スタッフの何人かは交代したが、主要メンバーは以前のままだ。移植を待つ患者に出会うこともある。世界初の顔面移植を受けたイザベル・ディノワールとは、こうして知り合った。できるだけ彼女の力になり、励ましてあげたいと思った。

もちろん、わたしの手にはまだまだ注意が要る。傷つきやすい小鳥のような手なのだ。切り傷や火傷を負わないよう、細心の注意を払わなければならない。これまで二度三度、怪我したことがある。そのたびに医者のもとへ飛んでいった。

わたしはまた自転車に乗るようになり、ペタンク［金属製のボールを転がす球技］も始めた。運転免許も再取得しようと考えている。

2006年、母を失うという大きな悲しみがわたしを襲った。翌年春、今度は父のマルセル・ペローが世を去った。薬物性肝炎のせいだった。

父の葬儀は、フランス全土からロマが集まる大集会になった。棺のそばにルルドの聖母像とバラを飾った巨大な縒り房型ロウソクが立てられ、天使を乗せた子馬の像が供えられた。わたしとアニックの結婚式の日に父に贈ろうと考えていたものだった。兄弟姉妹、義母とともに三日三晩、わたしは父の通夜をした。

父の遺体は、わたしの結婚式のために新調した服をまとっていた。ルルドで聖別された銀の小さなロザリオを父のポケットに入れようとすると、ポケットを縫い閉じた糸はまだ抜かれていなかった。結婚式に出席することなく父は逝った。写真、詩、花、さまざまなものが棺に納められた。わたしは、ローマ法王と並んで撮った写真を父の胸に載せた。

家の前の空き地では、夜になるとキャンプファイアが焚かれ、だれでも自由に座れるように火を囲んで椅子が並べられた。ロマの習慣で一方の側に女たち、他方に男たちがしばしば固まって座った。父のこと、わたしたちの暮らしのこと、子供たちのことを人々は語り合った。温かく心のこもった集いだった。それでも、わたしのつらさは変わらなかった。

幸い、アニックがいてくれた。彼女のおかげで、新しい人生が始まろうとしていた。

15

新しい人生

アニックとは10年前に知り合った。出会った場所は、ルルドだ。彼女は当時、慈善活動をする援助修道会に所属し、病人の巡礼に付き添っていた。いまも毎年10月のロザリオの巡礼で、病人の面倒を看ている。

10年前の巡礼でわたしの世話を焼いてくれるはずだったのが、アニックだ。ところがルルドに着くと、わたしたちは群衆に紛れて離ればなれになってしまった。その数年後、中風の父親に付き添ってアニックはふたたびルルドへやってきた。わたしが何者なのか彼女は知らなかったが、わたしが両手を失う災難に遭ったこと、世界初の両手同時移植を受けたことを父親が彼女に説明した。わたしは彼に親近感を抱き、巡礼を終えて別れるとき住所を交換した。

アニックとは、電話のやりとりを始めた。物事がうまく行かなくなると、しばしば彼女に電話した。彼女はいつも適切な言葉でわたしを励まし、気力を奮い立たせてくれた。電話越しに声を合わせて祈りを捧げることも多かった。つらい思いをした2002年の暮れ、彼女にどれだけ助けられたか分からない。

2005年の巡礼中、わたしたちはとことん話し合い、付き合いを始めることに決めた。アニックは、ブルスフラン＝ル＝シャピュのマンションに住んでいた。生まれ故郷のマレンヌとオレロン島の中間にある港町だ。ロシュフォールの南西25キロに位置している。

わたしたちのあいだに穏やかな愛が芽生えた。アニックも、つらい人生を送ってきた人だった。かつて結婚し、2人の娘と4人の孫がいる。そして彼女も、体調不良を抱えていた。こうしたことが、わたしたちの心をいっそう近づけた。何よりも、彼女はわたしと同じ信仰を持っていた。修道会の任務に熱心に取り組み、マレンヌやサン

＝ジュストの子供たちを信仰に目覚めさせることを天職と心得ていた。

2006年、わたしたちは婚約を取り交わした。その日8月15日は、聖母被昇天の祝日でもあればアニックの誕生日でもあった。アニックが口を利いてくれたおかげで、わたしは初めてルルドの監視員になることができた。監視員は聖地の保安要員で、巡礼の群衆が祝福を受けるのに先立ち、彼らを秩序立てて配置する役目を担っている。2007年、わたしは障害者としてではなく聖地を訪れた。今度は、わたしが障害者を助けるのだ。「柵の向こう側」に立つのは、とても誇らしい気分だった。

アニックとわたしは人生に関することを実行するとき、何であれ前もって神父に、とりわけルルドの神父に相談した。彼はわたしたちのこれまでの経緯《いきさつ》を聞いて心打たれ、わたしたちを祝福してくれた。挙式は、聖母月の5月に決めた。

2007年5月26日、わたしたちの結婚式が挙行された。両方の親族を招いて、盛大な祝宴が張られた。すばらしいパーティだった。すでに病床にあった父の姿が見られないのは唯一、心残りだったが、アニックとわたしの子供たちが一緒にいる光景は、わたしたち2人にとってこの上ない喜びだった。

2007年4月5日、大好きな歌手ルノーと。ボルドーのコンサート後、彼の楽屋で

アニックは、みんなに慕われている。やさしく心の温かな女性なのだ。有徳の人とは、彼女のことにほかならない。アニックとともに歩み始めた新しい人生が、できるだけ長続きするようにわたしは祈っている。

アニックはもう一つ、すばらしいプレゼントをくれた。わたしの大好きなシャンソン歌手、ルノーに会えるように取りはからってくれたのだ。彼の歌を、わたしは全部そらんじている。ボルドーで開かれた彼のコンサートを夫婦で聴きに行った。終演後、歌手はわたしたちを楽屋に迎え入れてくれた。ルノーは、アニックが書いた手紙を読んで心打たれ、わたしに会う気になっていた。法王様に面会したときのよう、と言っては畏れ多いが、それに近い感激だった。

これまでのわたしの体験は、本当に苦しいものだった。しかし、わたしと同様、体に障害を負った人々に、わたしの体験が希望を与えることになれば、と願っている。

手の移植手術は、わたしの人生を変えた。わたしはもはや無価値な人間ではない。ひとりでは何もできない、働くことも子供の世話を焼くこともできない要介護障害者ではない。わたしは社会復帰を果たし、すばらしい人々との出会いを得た。彼らはわたしを助けてくれただけではなく、人生はわたしがなめたような辛酸にも耐えて生きる価値があると理解させてくれた。わたしは、人間の尊厳を取り戻した。かつては街のチンピラにすぎなかったわたしも、いまでは一般市民の仲間入りをしている。それはチンピラでいるよりも、はるかに心みたされる暮らしである。

神とデュベルナール教授は、わたしに手を返してくれた。生きる喜びを回復してくれた。

医師たちの証言

ドニ・シャトリエのケース

一か八かの大手術をあえて受け、世界で初めて両手同時移植を受けた人物となる勇気をドニ・シャトリエが持てたのは、これをドナーの遺族からの賜物、そして大手術に取り組んだ医療チームからの恵みと受け止めていたからである。

ジャン＝ミシェル・デュベルナール教授とそのチームのメンバーの証言は、勇気とチャレンジ精神が不可欠だった世界初の快挙を科学の目で解説する。

フィリップ・アンリ医師

フィリップ・アンリ医師は、ドニ・シャトリエの主治医。移植手術という試練のあいだ、経過観察をしながら終始彼を支え、力づけた。

――ドニと知り合ったいきさつは。

「わたしはロワヤン生まれで彼もそうだったから、医者になる前から彼の顔は知っていた。彼は、あまり評判のよくない連中の仲間だった。わたしが開業したときには、すでに前任の医師を掛かりつけにしていた。わたしとはめったに顔を合わせなかったが、わたしの患者ではありました」

――彼が例の事故に遭ったとき、あなたが手当をしたのですか。

「事故の知らせを聞いて、わたしは病院へ駆けつけた。患者の身に何かあれば、いつもそうしている。ドニ自身は当時のことを覚えていないはずだ。麻酔剤で昏睡状態に置かれていましたからね。

当時、両手を失うということは大変な悲劇だった。自力では生きていけなくなることを意味していた。手の移植手術など、まだ噂にものぼっていなかった。ドニの前腕はズタズタに裂け、顔にも傷を負い、要するに全身めちゃめちゃの状態だったが、それ以上に後遺症の怖れがあった。神経性の後遺症は何よりこわい」

――彼のリハビリも、先生の担当でしたね。

「ドニは、ラ・トゥール＝ド＝ギュシーに入っていた。ボルドー近郊のすばらしいリハビリ・センターだ。わたしが定期的に診断した。彼には、鎮痛剤と鎮静剤を処方してあげる必要があった。両手を失うというのは、容易に克服できない試練ですから。ただ、あのリハビリは、筋電義手［腕に残った筋肉を動かして発生する筋電位信号を操作に利用する義手］に彼を慣れさせる訓練だった」

――義手に対して、彼はどんな風に反応しましたか。

「当初、まったくうまく行かなかった。義手自体は完璧な出来映えだったのだが、彼はどうしてもうまく使いこなすことができなかった。片手を失いながら、健常だったころの動作を80パーセントまで義手でこなせるようになった患者を、わたしは何人も見ている。ドニは、義手の可能性をできるだけ開拓するという姿勢ではなかった。たしかに彼は小柄で力がない。一方、義手は重い。ほかの人とはちがって、彼には使いにくかったのかもしれません」

――その彼にとって、クリント・ハラムの片手移植のニュースは決定的だった……。

「手を取り戻したいとドニがいつも願っていたのは、たしかでしょう。患者の中には、移植手術を受けるよりも義手を使い、義手がうまく機能するようにあらゆる努力をする、という人もいる。手術にはリスクが伴うし、成功しても免疫抑制治療を死ぬまで受けなければならないからね。しかしドニは、あらゆる不安材料を無視した。ひたすら両手を取り戻したいと願い、義手は役に立たないと決めつけた」

――移植された手に関しては、彼は義手とは逆に最大限に生かそうとしている様子ですね、どんなに苦しい思いをしても。

「それは話が別だ。移植は彼の望みで、義手は望んだものではなかった。そういうことです」

――デュベルナール教授のスタッフとコンタクトを取るようになった経緯は。

「クリント・ハラムが世界初の片手移植を受けた話は、無論わたしも聞いていた。マスメディア同様、医学界でも大きな話題になっていましたからね。ある日、わたしの診察室にデュベルナール教授から突然電話がかかってきた。ドニが非常に感動的な手紙で心情を訴えてきた、と言っていた。わたしが主治医として彼をどんな風に見ているか、手の移植に可能性があると思うか、と尋ねられた。直感で言うと、わたしは賛成できなかった。ドニが心理的に耐えきれないのではないかと危ぶんだ。しかし、その後の経過を見れば、彼の足を引っ張らなくてよかったと、つくづく思います。

デュベルナール教授は逆に、『最後まで走り抜くマラソン選手の意志とエネルギー』をドニが明白に所有しており、だから彼は冒険に乗り出すべきだと考えていた。

ドニの方は、最初から乗り気だった。そこでわたしたちはリヨンへ行き、デュベルナール教授やビュルルー医師や、そのころはまだリヨンで入院していたクリントに面会したのです」

――ドニに課される難題は何だろうと思いましたか。

「わたしから見て――精神科医が見ても同じだったろうけど、他人の手に精神的に同化することが彼にとって最大の課題になるだろうと予想した。ところが、それは問題にすらならなかった。ドニから見れば、移植されたのは、ある意味で彼自身の手だったのです。実際、本人の意欲と信仰によって同化作用が生じていた。ドニにいわせれば、この移植は神の恩恵なのであり、だから成功しないはずはない、というわけだ。肉体的な苦痛も心配だったが、ケアがていねいに行われ、痛みは長く続かなかった。長いリハビリを彼が忠実に守るか、根気をなくさないかとも案じたが、その点でもドニは、われわれ全員の危惧を見事に裏切ってくれた」

——免疫抑制治療について、うかがいたい。

「治療自体には、悪い副作用は非常に少ない。ただ、その名のとおり免疫防衛力を低下させるので、万一ガン細胞が発生した場合は急成長する危険がある。しかし、断っておかなければならないが、ドニは免疫抑制治療も、つねにきちんと受けていました」

——義手を使っていたころのドニは、いつも鬱《ふさ》いでいたようです。移植に対しては、不安を抱いていませんでしたか。

「全然。むしろ、落ち着いていました。鬱ぎ込んだり、悲観的になったりするのをやめたのだ。ドニは、生きる意欲を取り戻した。リヨンへ行って手術する日が来るのを、心静かに待っていた」

——手術後、つらい時もあったようですが。

「あったでしょうね。しかし、ドニは何も言わなかった。あれは、内心をペラペラしゃべるような男ではない。もう一度言いますが、彼にすれば自分の手を取り戻してもらったのだし」

――リハビリには熱心に取り組んでいたようですね。

「そのとおりです。ドニは、いい生徒であろうと努めていた。人々の期待に添い、人々に褒められたいと願っていた。ドニの治療には巨費が投じられたから、彼も神妙にしなければならなかった。デュベルナール教授に対しても、治療に当たったスタッフに対してもね。ドニは自分の育った世界とはまるで異なる環境に飛び込み、医学界のそうそうたるメンバーに囲まれた。そして彼らに信頼され、支えられたのです」

――ロシュフォールに帰ってからのドニは、どんな具合でしたか。

「町中、彼の話題で持ちきりになった。家族は、スター気取りだと言って彼を責めた。あのような底辺層の世界は過酷なのです。思いやり、というものがない。ドニ自身も、読み書きがほとんどできない。小学校時代の女教師は、彼を学校にかよう気にさせようとしてはあきらめざるを得なかった。リヨンで治療を受けているあいだ、ドニは周囲からつねに関心を払われ、一種の重要人物の扱いを受けた。しかしロシュフォールに戻れば、ただの男です。話題の的になりたがる一個のロマでしかない」

――２００２年の暮れに彼が内妻に家を追い出されて、つらい時期を過ごしたことは知っていましたか。

「もちろん、知っていました。ドニは街をうろつき、酒を浴びるように飲み、タバコを喫《す》いまくった。治療とリハビリの効果を台なしにしかねない状況だった。彼と連絡が取れなくなったので、デュベルナール教授のスタッフもわたしも、とても心配した。警察に捜索願を出さなければならなかった。彼を放っておこうとは夢にも思わなかった。移植手術と免疫抑制は、うまく行っていたのです。どだい、わたしたちが彼をこの冒険に乗り出させたのだ。最後まで支えるのは当然だった。

ドニは、いやなことが重なると鬱《ふさ》ぎの虫にとりつかれるたちだ。いまでも、そういう傾向があります。ストレスを誇張して述べる」

――子供たちに対して、彼はどんな風でしたか。

「溺愛していた。ロマの家庭では、子供たちは神聖な宝物なのです」

――彼の仕事は、容易に見つかりましたか。

「ロシュフォール市役所に、わたしが掛け合った。手に障害を持つ彼にも可能な仕事に就けるよう、市役所はてきぱき動いてくれた。デュベルナール教授の政治的な働きかけも効いた。わたしにとっては、それがこの大冒険の真の目的でした。ドニが毎日の雑事をひとりでこなす能力を身につけ、職を得て普通の生活に復帰すること、本当の意味で社会復帰することが目的だった。最初は半日のパートタイムだったが、いまでは4分の3勤務に延びています」

――彼はリハビリをいまも長時間、実行しているのですか。

「量は少しずつ減っている。しかし重い物を持ったり物を掴んだりするには、いまも限界がある。かなり長い空白があったことは、言っておかなければならない。とくに精神的に落ち込んでいたころ、彼はリハビリを怠りがちだった。時間をずいぶん無駄にした。しかし、3～4年前からは几帳面にやっています」

――ドニは、手術の効果を最大限に生かしていると言えますか。

「必ずしも、そうとは思えない。ドナーの舟状骨［手首の親指側にあり、手骨と腕骨をつなぐ働きをする骨］が折れていたために彼の左手の親指はうまく動かず、改善の見込みもないのですが、そのハンディを差し引いてもドニは最良の見本とは言えません。わたしがリヨンの学術会議で出会ったオーストリアの警察官は、両手移植を受けたのちに復職し、ふたたびオートバイを乗り回し、筋力トレーニングと腕立て伏せを毎日行っていた。健常者以上にうまく、とはいわないまでも同等に手を使いこなしていました」

——ドニがふたたび悪事に手を出す怖れは、ないでしょうか。

「それは、ないでしょう。彼は大きく成長したし、定職に就いて定収入を得る生活は心が落ち着くことを理解していると思う。いまでは社会によく同化している。名声を保とうと思えば、行いを正さなければならないことも分かっている。

手術によって彼は正常な人生を再建してもらい、社会に復帰することができた。わたしにとっては、それが最終目標でした。目標を達したことが、この冒険の最大の成果です。彼が失われた手を回復し、終身年金を獲得したことなどではない。ドニは現在、移植手術を受ける前よりもいい状況にある。事故に遭う前よりいい、とさえ言えるかもしれない。名目ではない実質的な職に就きましたから。自分の役割を見つけましたから。

自分の考えを表現することや他人との付き合い方でも、ドニは成長している。考えを言語化するのに、必ずしもつねに適切な言葉を知っているわけではないが。

ともあれ、あれは勇敢な男です」

ジャン＝ミシェル・デュベルナール教授

ジャン＝ミシェル・デュベルナール教授は、移植外科の先駆者である。腎臓移植を専門とし、さらに膵臓移植技術を完成に導いた。1998年、ニュージーランド人のクリント・ハラムに世界初の片手移植を施術したのも、デュベルナール教授である。

2000年、リヨン。この免疫学と移植外科の権威は国際的な医療スタッフを率いて、ドニ・シャトリエに施す初の両手同時移植に挑んだ。

――これほどの大手術には、どんな準備が必要でしたか。

「可能なかぎり最良のケアを患者に保証するために、入念な準備をする必要があった。助手のマリー＝ピエール・オボワイエと協力して、スタッフを世界中から呼び寄せなければならなかった。その筆頭がシドニーの医師、アール・オーウェンです。クリント・ハラムの手術実施が決まったとき、アールはヨーロッパにいて手術に参加した。ドニのときは、オーストラリアにいた。しかし1999年の暮れ以後、わたしたちは全員、臨戦態勢を採っていた。ドニの手術が決まり、あとは適切なドナーが現れるのを待つだけだった。ドナーが見つかったとの知らせを受けると、できるだけ早くリヨンの病院へ来るよう、ドニと関係者の全員に連絡した。

最初に立ち上げたのは、移植片の採取と保全に当たるチームだった。ロンドンのナディイ・ハキム、ミラノのマルコ・ランツェッタ率いるイタリア人チームなど、全員が数時間のうちに顔を揃えた。マルコは以前リヨンのマイクロサージャリー研究所にいて、わたしの部下だったが、その後シドニーへ渡ってアール・オーウェンに学んでいた。アールは途中からわたしたちに合流した。

このような革命的医療は、医師のネットワークの支えがないと実行しがたい。手の移植ではリヨン、シドニー、ミラノ、ロンドンで、顔面移植（イザベル・ディノワールのケース）ではアミアン、リヨン、ブリュッセルで、それぞれの医療チームが活躍した。あらゆる専門知識が、互いに補完しあう形で連結された」

――18時間の大手術でした。スタッフは交代制を採ったのですか。

「いくつかのチームを編成し、交代で切れ目なく手術室に詰めるようにした。できるだけ素早くことを運ぶ必要があったのでね。実際には、ドナーからの移植片採取に1チーム、移植手術に4チームを用意する必要があった。左手の移植片を看るチーム、右手の移植片を看るチーム、患者の左腕を看るチーム、右腕を看るチームの計4チームです。移植手術が始まるとスタッフは合流し、左右の手を担当する2チームに再編された」

――世界初の両手同時移植にドニ・シャトリエを選んだ経緯は。

「1998年9月に世界初の片手移植をクリント・ハラムに施すと、手術依頼の手紙と電話がわたしたちのもとに殺到した。その都度、手足を失った原因の事故についてくわしく知らせるよう、わたしの助手が返事を出した。

ドニはクリント・ハラムのドキュメンタリーをテレビで観て、ほかの人々と同様、病院に電話を掛けてきた。きわめて真摯な気持ちを綴った胸を打つ手紙も送ってきた。彼の治療をした主治医の外科医師フィリップ・アンリに連絡を取り、ドニのカルテを送ってもらいました。しかし、精神科医の意見も聞かなければならなかった」

――こうしたタイプの手術では、肉体的外観が重要な意味を持つのではないかと思いますが。

「片手移植では、両手を見比べることができるから『肉体的外観』が比較的に大きな意味を持つ。しかし両手移植では、手を失って何ができるよう、という大問題を解決する方が先だ。世界初の両手同時移植は、まずドニという人物と出会ったこと、そして何よりも彼に精神科医の診察を受けさせたことが鍵になった。精神科医はこの場合、ガブリエル・ビュルルー博士だが、わたしにとって重要だったのは彼の意見だ。博士が賛成しなければ、最初の移植手術のときと同様わたしたちは実施に踏み切らなかったでしょう」

――こういう移植手術には、どんな問題が伴うものですか。

「第一の問題は、医療技術と機能の水準です。わたしたちの場合は、外傷によって切断された手足の再移植手術の経験が役立った。指や手の再移植技術が確立してから、すでに長い年月が経つ。再建手術［肉体的外観や機能を回復・矯正する形成外科手術］の専門家、とりわけ手の手術の専門家は、手術につきまとう問題をよく理解している。機能がどの程度回復するかは、医療技術の良し悪しに大きく左右されます。どの部位で外傷を受けたかも、大きな意味を持つ。切断された個所が手首に近いほど、つなぎ直すべき筋肉が少ないので手術結果もよくなる。しかし決め手は、ドナーから移植片を採取する外科的手腕と、虚血（言い換えれば、血行停止）の時間的長さです。血行停止は、できるだけ短時間で済むようにしなければならない。移植片に手早く灌流［血液、体液の注入］を施すことが重要だ。手術が成功するか否かは、ひとえにこれらのプロセスに掛かっている」

――免疫抑制の闘いは、器官の移植そのものよりも大きな課題ですか。

「このタイプの移植手術は、種々の人体組織に影響します。したがって、程度の異なったさまざまの拒絶反応が複合的に発生する危険がある。とりわけ、皮膚と骨髄の反応には注意が必要だ。皮膚は複雑な免疫組織体で、ヒトでも動物でも強度の拒絶反応を起こしやすい。

この種の移植では、移植された器官の皮膚が絶えず患者の目に触れる。紅斑、つまりしみが皮膚に現れれば、患者はすぐに主治医に伝えることができる。その点は長所です。

腎臓と膵臓の移植手術に関するアメリカの過去のケースでは、移植されたドナー(移植の臓器などの提供者)の骨髄がレシピエント(臓器などの移植を受ける人)の中で移植片(腎臓ないし膵臓)よりも長生きし、拒絶反応が次第に減少した例がある。わたしが冒険に踏み切った根底には、一つの仮説があった。移植片の骨髄細胞をレシピエントの胸腺に移動させれば、移植に対して部分耐容メカニズムが働くのではないか、という仮説だ。ドニに移植された手の皮膚には、彼自身のリンパ球の存在が長期にわたって観察された。ドニ自身はドナーの皮膚を他人のものと認識していないのだが、彼の血液のリンパ球は異物と認識していたのです」

——ほかに、問題は。

「患者の心理状態です。わたしにとっては、それがいちばん大きい。パリのフロイト精神分析学会の会長をしている精神科医で精神分析学者のジャン・クルニュと長い長い相談を重ねて、やっとわたしは世界初の手の移植手術という冒険を始める決断をした。腕の先に死者の手をつけているという幻想を見、その手を実際に目にすることは、特殊なタイプの防御システムを誘発する。手術前に起きることもあるが、特に手術後に患者の心理に否認を引き起こすのだ。患者は一方で『移植されたこの手は、死者のものであることを自分は知っている』と自覚しながら、他方では『そのことを知りたくない』と思う。この否認は、ある程度の心理的エネルギーがないと長続きはしない。しかし、これについて語るのは、わたしよりガブリエル・ビュルルーの方が適任でしょう」

――手術を決断した前後のことを聞かせてください。

「当初、わたしは手と腎の同時移植を考えていた。そこで、手を失い、透析を受けているという条件をみたす志願者を捜すよう、グザヴィエ・マルタンに依頼した。しかし、まれに見つかった患者は糖尿病を患っていた。それだと、腎臓と膵臓と手の移植を同時に行わなければならない。あまりに荷が重い。

同じころ、オーストラリアのアール・オーウェンも手の移植手術を企てていた。わたしたちは手術について、ひんぱんに話し合ったものだ。ある日、移植志願者が見つかったとオーウェンが電話で言ってきた。クリント・ハラムだった。彼の手術はチームワークの、国際的チーム間のネットワークの成果です」

――ドニとの出会いは、どんな風に行われたのですか。

「ドニは、主治医のフィリップ・アンリに伴われて現れた。のちに彼の術後管理の過程で大きな支えになった医師です。

世界初の手の移植手術を受けたクリント・ハラムに、わたしはドニをぜひ会わせたいと思った。クリントはそのころ、まだリヨンにいましたから。移植体験を患者が彼自身の言葉で語るのは、とても重要なことなのだ。

ドニはすぐに、わたしに対する全幅の信頼と、移植手術は成功間違いなしとの信念を告げてくれた。彼に言わせるなら、神は彼の手を取り上げたが、いつか返してくれると分かっていた。神のご意志なのだから医療スタッフはやるしかない、というわけだ。

わたしの背中を押したのは、何よりも彼の意志の強さだった。彼のマラソン・ランナー魂、ギリギリまで力を出し尽くすあの能力だった。マラソンとは、けた外れのつらさを伴う試練です。トレーニングは長く苦しい。ゴールに達するために苦しみを受け入れる能力、苦しみに耐える能力は、わたしの考えでは術後のリハビリでもっとも重要な要素だと思う」

——あなたから見て、ドニはレシピエントとして適切な気質の持ち主でしたか。

「適切も何も、初めてのことだから手術前は分からなかった。しかしドニは、手術とその予後に勇敢に向き合う能力があるように見えた。医療技術の面では、彼の腕の切断個所があの位置だったので重大な問題はなかった」

――心理的な面では？

「精神科医のガブリエル・ビュルルーの意見を全面的に信頼しました」

――免疫抑制剤は、どんな副作用がありますか。

「免疫抑制剤については、いまでは豊富なデータの蓄積がある。抑制剤が患者の動作に影響を与えることはない。しかし免疫の面では、脆弱《ぜいじゃく》にする。特にウィルス性感染症にかかりやすくなる。2種のガンが発症する怖れもある。その一つは皮膚ガンです。だからレシピエントは直射日光をできるだけ避けて、早期発見に注意しなければならない。しかし皮膚ガンは、治療の容易な腫瘍だ。もう一つはリンパ腫で、発症率は比較的に低いが症状は重い。ドニ・シャトリエにはこうしたリスクをあらかじめ伝え、彼がわたしたちの説明を完全に理解したと確認してから、外部の証人立ち会いのもとに免責証書にサインしてもらった」

――治療は一生ですか。

「無論、死ぬまで続けなければならない。しかし、免疫抑制剤の使用量は少しずつ減少していく」

——つまり、拒絶反応の起きる可能性は一生続くのですか。

「正直なところ、それについては何も分からない。移植腎の平均寿命は、15年程度とわたしたちは見ている。しかし手の移植は歴史が浅く、充分なデータがないのです。ドニは手術から8年経過したが、慢性的な拒絶反応の症状は見せていない。移植外科医の勲章は、移植片の耐性だよ！」

——初の顔面移植レシピエントのイザベル・ディノワールとドニは面会しましたか。

「あのときドニは、経過観察のためリヨンへ来ていた。当然の成りゆきで、イザベル・ディノワールと面会することになった。おかげで彼は自分の体験談をイザベルに語ることができたし、マスコミの攻勢に備えるよう忠告することもできた。実際、その後のメディアの殺到は凄まじかった。ドニは、手の移植を希望するほかの患者とも面会した」

——ドニは手術後すぐ、リハビリを開始しました。リハビリをやめることは可能ですか。やめると、機能退化の怖れがありますか。

「機能向上が見込まれる限りは、リハビリは続けるべきだ。しかし、完全にやめてしまったとき、どうなるかはまったく分からない」

――この異例な冒険は多くの身体障害者に希望を与えると思いますが。

「手を失った人々にとっては、大きな希望でしょう。両手を失えば、ほかの人に依存せずに暮らすことが不可能になる。そうした患者に通常の生活を回復してあげることで、わたしたちは医師の任務をまっとうすると考えている」

――ドニのあと何人、移植手術を手がけましたか。

「その後、両手移植をリヨンで3人に施術した。公式統計によると、両手移植を受けた人は世界に全部で10人、片手移植は18人いる。フランスでは今後、両手移植しか許可されないが、イタリアでは片手移植だけだ。中国も、高度な両手移植技術を開発している」

――顔面移植には、手の移植とはまた別の問題がありますか。

「損傷個所が、まずちがう。顔面を破壊された患者にとっては、人間らしい顔つきを取り戻すこと自体かなりの前進です。自分の顔を見るには、鏡を使う必要がある。手は、レシピエントの目に絶えず触れる。移植された顔に慣れるのは、手の場合よりも容易だと思う」

——将来、どんなタイプの移植手術が可能になると考えられますか。

「中国でペニスの移植が試みられたが、失敗に終わった。しかし原因は、手術よりもレシピエントにあったと思う。あの手術は、完全に実現可能です。5年前にクアラルンプールで、片腕で生まれてきた乳児に、死産した双生児の兄弟の腕を移植する手術が実施された。子供は元気に育っている。カナダではシャム双生児の分離手術が行われ、成長の見込みがなかった方の子供の片脚を、他方の子供に移植した。マイアミでは腹壁移植が10例実施され、その多くで、特にレシピエントが子供の場合に腸の移植を伴った。米国とコロンビアには、喉頭とその周辺組織の移植手術が16例ある。事故や毒物摂取の救済に施術されたもので、うち1例は食道移植を伴った。サウジアラビアでは子宮と卵巣の移植が試みられたが、成功しなかった」

——移植された手が長持ちしなければ、いつでもまた手術を受ける、とドニは言っていました。手の移植をくり返すなんて、ありえますか。

「完全にありうる。腎移植は、時に何度かくり返される。手に限って、くり返してはいけない理由がありますか」

アンジェラ・シリグ医師

アンジェラ・シリグ博士は、リヨン認知科学研究所所属の神経生物学者である。移植手術に先立って、ドニ・シャトリエの脳のMRI（磁気共鳴画像法）検査が実施された。移植された手の運動機能をドニが回復するにつれ、彼の大脳皮質で手のイメージが発達していく過程を、シリグ博士はMRIで逐一たどった。

――手の移植前・移植後のドニの脳の発達を、先生は観察されましたね。

「ヒトの体に生じた変化に脳がどんな影響を受けるのか、初めて観察することができたわ。ドニに一連のMRI検査をすることは、移植手術の実行前に決まっていました。手を失った事故から4年目、手術から2か月目、4か月目、6か月目に撮影すると」

――手術前のMRI画像は、どんな様子でしたか。

「大脳皮質には人体のいろいろな部分に関連するエリア（皮質野）があり、ホムンクルスと呼ばれています。手と顔は人体の中でもっともさかんに働かされる部分なので、特に大きなエリアを占める。手が失われたあと手に関連するエリアは収縮し、それどころか、腕と顔のエリアに侵食されて消滅さえした。手術前のＭＲＩ画像（89ページ）は、その様子を示していました」

——それはＭＲＩ画像で、どのようにして確認されたのですか。

「手術の前に、失った手のひらを開いたり閉じたりするように、つまり前腕の筋肉に運動指令を出すようドニに求めたの。すると、画面上で光ったのは腕と顔のエリアで、手のエリアは消失して光らなかった。腕と顔のエリアが手のエリアを完全に呑み込んだような具合でした」

——手術後は、どんな風になりましたか。

「手術の2か月後、手の存在によって活動するゾーンがわずかに移動したことが脳の中で観察されたわ。腕と顔の運動に関連するエリアが徐々に元の位置へ戻り、手の運動に関連するエリアがわずかながら復元された」

——手のエリアの復元完了まで、どのぐらい時間が掛かりましたか。

「とても速かった。6か月後にはドニは手をどんどん動かせるようになり、手のエリアがほとんど復元された。18か月後には、正常な状態に戻っていた。それ以後、変化はありません」

――脳のレベルでは、どんな風に推移したのですか。

「漸進的な推移だった。脳はまず移植された手を認識し、事故後に生じていた構造を修正して、移植された手に元のエリアを割り当てたはずよ。その証拠に、手のエリアのニューロン（神経細胞）は死なず、刺激を与えれば活性化したわ」

――手足を失った人々が感じるという幻影肢の感覚は、皮質野と関係があるのですか。

「まったく無関係です。きわめて鮮明に幻影肢を感じたドニが、いい証拠よ。『幻影肢』の本来の意味を思い出してほしい。ドニのケースのように、手を失った人が手の触覚を感じたり、指がなくなったのに指を動かすことができるような感覚を覚えたりする。ドニが手記でうまく説明しているわ。しかし彼の大脳皮質では、手のエリアはすでに消失していたのよ」

――この経験から、あなたはどんなことを学びましたか。

「手を失った人の脳の運動皮質で手のエリアが消失し、人体の他の部分に関連するエリアに場所を譲ることは知られていました。しかし、脳は硬直した器官ではなく新たな制約に適応できること、変化が生じるたびに容易に再編されうることが、今回初めて確認された。脳の可塑性という現象は、これまで実証されていなかったのよ。神経科学にとって大きな発見です」

パルミーラ・ペトルッツォ医師

パルミーラ・ペトルッツォ医師は、免疫面でドニ・シャトリエの経過を見守った。手術直後から彼の看護に当たり、苦しい時期に大きな支えになった。そうしながらも、医師と患者の好ましい関係に必要な距離を保つ配慮は忘れなかった。

――手術からすぐにドニの免疫面を看てこられましたね。

「わたしは彼の身近にいたけど、でも忘れないで。スタッフは大勢いたのよ。免疫抑制治療計画はルヴィヤール教授が立て、わたしはその実施担当だった」

――手術直後の、ドニがまだ手の蘇生段階にあったころには、どんな問題がありましたか。

「小さな問題がいくつか出た。なにしろ世界初でしょ。ドニが示すちょっとした異変にも、みんなピリピリしていたわ。命に関わる移植ではないけれど、初めてだからわたしたちの責任は重大だった。すべてに関して最良の結果を出すことが求められた。

ドニは手術直後に、血清病の初期症状を見せました。拒絶反応抑制剤に対する生体反応よ。まれに起きる副作用で、好ましいものではないけれど深刻な問題では全然なく、すぐに手当てされたわ。もちろん、わたしたちは不安に駆られましたが、ドニはまだ蘇生治療中だったし、不快な痒みに悩まされたにせよ、そう長くは続かなかったはずです。大量の鎮静剤が投与されました」

――ルルドの聖水を傷口に振りかける治療を望んだと、ドニは語っています。そんなことは厳禁だったのではないかと想像しますが。

「ええ、望んでいたわ。彼は、聖水を飲みたいとも言った。傷口に振りかけるのは論外ね。でもデュベルナール教授が聖水の成分分析をさせて、一口なら飲んでもよいとお許しが出ました」

――入院当初、彼はどんな態度でしたか。

「前向きだった。最初から、わたしたちに対して非常に協力的だったわ。手術の進行と術後の経過に強い関心を払っていました」

――それでも時々、彼はくじけそうになった。

「それが普通よ。あれは厳しい試練です。ある晩、ひどく具合が悪くなって彼が闘いをあきらめようとしたことがあった。わたしは一晩中枕元に付き添って、いろんな話をした。ドニはとても信心深く、わたしもカトリック教徒なので、この試練を乗りこえられたらローマ法王に会わせてあげると約束しました。手術から7か月後の2000年8月に、約束を果たせたわ。ドニにとっても医療スタッフにとっても、あれは特別の誇らしい瞬間だった」

——こうしたタイプの移植は、術後に痛むものですか。

「もちろん、かなりの痛みが来るわ。でも、レシピエントのための鎮痛法は、いまでは非常に進化しています。患者にとってもっともつらいのは、ひと月間、自力ではまったく何もできないことでしょうね。そのうえ、運動療法の苦労がある。術後すぐ、1日2回のペースで始めなければならないのよ」

——免疫抑制治療も耐えがたいものですか。また、その副作用は。

「どんな治療にも、大なり小なり副作用があります。使う薬の一つ一つに副作用がある。免疫抑制にはコルチゾン、タクロリムス、セルセプト［ミコフェノール酸モフェチル］の3剤が併用されます。種類の異なる薬剤を併用すると、毒性限界以下の用量で処方できるの。

もっとも、タクロリムスとコルチゾンの併用は糖尿病を誘発し、ついには腎不全を引き起こすことがある。ドニは一時、高い血糖値を示したけど、すぐ正常値に下がったわ。投薬量を変更するだけでよかった。

セルセプトの服用は、時にロイコペニア（白血球濃度の低下）と下痢を伴います。

手術直後の何か月か、ドニは定期的に血液検査を受けていました。その後は年に2回、手術の記念日と7月に集中的な検査を受けるように変わったわ。記念日の検査は、特に重要だった。いまは、一般医のフィリップ・アンリがドニの日常的な経過観察を行っています」

——二度起きた拒絶反応について、話してください。

「拒絶反応は、術後2か月目と3か月目に起きたわ。手の移植を受けた他の患者でも確認されていますが、拒絶反応が起きるのは大体そのころです。

具体的には、蚊に刺された痕《あと》のような紅斑が両手の皮膚に現れます。皮膚の採取サンプルを顕微鏡にかけて拒絶反応の徴候を確認したのち、コルチゾンの投与量を増やしました。症状はすぐ治まったわ」

——現在ドニが受けている治療は、以前より軽減されていますか。

「ええ、幸いにも。彼が現在受けているのは、普通の生活を送るために必要なメンテナンス処置よ。1日に8錠、昼も夜も薬を服用するの。効き目を切らさないよう、厳密に決められた時刻にね。ドニはまた、血行をよくするために毎日アスピリンを服用しなければならない。血管手術(動脈縫合)を受けてますから。現在の医学水準では、この処置は終生続けざるをえない。移植手術のレシピエントが病気にかかると、つねに危険です。免疫抑制治療によって自然治癒力が低下しているだけではなく、免疫抑制治療自体が好ましくない副作用を引き起こしがちですから。手の移植では、そのうえ骨、関節、筋肉にも要注意の問題が生じます」

――入院中、ドニはどんな風でしたか。

「手間の掛からない患者でした。スタッフの全員に好かれていた。ドニは、とてもつらい人生を送ってきたのよ。生まれ育った環境もひどかったし、両手を失うというおそろしい目にも遭った。家族から孤立して孤独だったので、医療スタッフはだれもが彼を保護したい気持ちになったわ。それが、ちょっと行き過ぎたかもしれない。病院は彼にとって第二の家になってしまい、彼が退院してロシュフォールへ帰るときは、どっちもつらい思いをしました」

――移植手術の体験は、彼を成長させたと思いますか。

「いまのドニは、手術の時に知り合った彼とは別人です。より自由な精神を獲得して、関心の対象を大きく広げた。ロシュフォールへ訪ねていったとき、ガイド役を買って出て街を案内してくれたわ。ここはナポレオンが泊まったところだとか、ピエール・ロティは何をした人だとか、だれがコルドリーを建設したかとか、いろいろ説明してくれた。とても勉強していた。

移植手術は、彼の生き方を変えた。単に彼が両手を取り戻し、その手が機能しているということだけじゃないのよ」

——移植された手やドナーや、あるいはそれらが課す心理的問題に関してドニはどう感じているのか、何も語っていません。それについては、どのように思いますか。

「そういう疑問を抱くのは、外部の人間だけよ。移植手術のレシピエントは通常、そんなことを考えない。形而上の問題を示唆し考察するのは、わたしたちの役目です。レシピエントにとって重要なのは、人並みの生活に戻れるかどうか、だけ。当然でしょ。もちろん彼らは、ドナーの贈り物にとても感謝している。でも、移植片に慣れ、同化する。それだけよ。

心理的問題といえば、入院中の不安、手術を待つあいだの不安、外科医術に対する不安、ベッドで身動きできず、何もかも人手に頼らなければならない悩みなどね。でもそのあとは、人生がいくらか豊かになってふたたび始まるのよ。

ドニは、ものごとをシンプルに受け止めるシンプルな人間です。ある意味で純粋な、子供のような人だわ」

ガブリエル・ビュルルー医師

ガブリエル・ビュルルー博士は、精神科医・精神分析医である。ドニ・シャトリエの移植希望が受け入れられて以来、彼を看てきた。

博士はそれ以前にクリント・ハラムを看た経験があり、両手を失うという重度の障害を負ったドニの症例に大きな関心を寄せた。

――初の両手同時移植には、通常の移植手術にない特別の問題が生じうるとお考えでしたか。

「クリント・ハラムに施した初の片手移植で、すでに問題は生じていた。それどころか、心臓、腎臓、肺といった、普段は目に触れない臓器の移植でもドナーに起因する未知の問題、予断を許さない問題が発生します。手の移植は、そのうえ『目に見える』という事情がある。手は一日中、目の前にある。しかもその手は、移植のときには死んでいたのです。心臓は、移植すればすぐに動き出す。手はふたたび動き出すまでに、何週間もリハビリをしなければならない。蘇生させてやらなければならない。脈管系［動脈、静脈、リンパ管を含む循環系］を接続すると、手は一見、生き返ったように見えるが、それは見せかけであり、実際には使うことができない。そこで、わたしはドニに説明しました。君は移植された手を同化させせなければならない、

『自分の手』にしなければならないと」

――移植された手は、何か特別の錯覚を生じさせますか。

「ヒトの手は、象徴と現実の境目《さかいめ》にある。『手に手を取って歩む』『手のひらを返す』『手に汗を握る』等々、手に関する数々の慣用句や熟語がその事実を物語っています。手は、脳と切り離して語ることのできない器官なのです。脳とコンビを組んで初めて能力を発揮する。その相乗効果は、1＋1を大きく上回る。脳と手が形成するカップルは、両者が結束して創り出した第3の器官のようなものだ。手は数万年にわたって、脳の働きをゆっくりと改良してきた。人類が進化できたのは、多分そのおかげです。言い換えれば、両手を失うのは途方もない損失ということになる」

――そこに身体イメージが関与するのですね。

「身体イメージとは脳裏に形成される肉体の姿だと、ドイツの精神科医パウル・シルダーが定義している［Paul Schilder＝1886〜1940。正しくは、ウィーン生まれのオーストリア人］。しかし、そのイメージは、わたしたちの認識では大抵の場合、五体満足な健常体のそれです。身体イメージは意識の流れを一部、担う。わたしたちの思惟思考の基本には、つねにわたしたちの肉体があり、心理が移り変わっていく過程で両手は大きな役割を果たしている」

――手は会話とコミュニケーションで威力を発揮します。

「わたしたちが他者と意思を通じ合うとき、手は言葉の有能な協力者になり、言葉に雄弁な表情を与える。両手を背中で組んでいると、同じことを言っても意味も雰囲気も変わってしまう。仕種は言葉のよき伴侶です」

――両手を失う事態は、単に障害者になることを意味するのではないようですね。

「身体イメージが毀損されることも大きい。しかし何より、患者が自活能力を失い、日常生活のささいな行動にも他者に頼らなければならなくなることが問題です。筋電義手を使っても、大した助けにはならない。両手を失った人のつらさは、想像を絶すると思います。

精神面では、肉体が損傷を受けると身体イメージも損傷を受ける。両手を失った人は、体が縮んだように感じる。彼の身体イメージが損なわれるからです。彼は自分の体の新しい状態を恥じ、時には罪悪感すら抱く。彼を身体障害者と見なす他者の視線が、非常につらくなる。自立して生活できない負い目が、さらにつらくします」

――そこへ移植の可能性が開けると、希望が生まれるでしょうね。

「まずは希望が憂鬱に取って代わる。ドニが、そうでした。彼は、ふたたび未来に目を向けるようになった。そのとき、移植にまつわる諸問題を熟知した精神科医の出番が来る。患者は有頂天になって、移植の現実を忘れがちですから。移植片の提供者がなかなか見つからないとか、入院も長引くといった現実をね。リハビリが、これまた長くて単調で体にきつい。しかも、結果はなかなか出てこない。最後まであきらめないためには、鉄の意志が必要です」

――移植に過大な期待を抱くことは？

「あります。外科手術を理想化して、全能の魔法であるかのように錯覚する患者がいる。たとえば、楽器演奏の名人芸やプロ・レベルの精緻な職人芸を回復できる、などと考える。しかし医師が目標とするのは、どちらかといえば、日常生活の基本的な動作をふたたび可能にすることだ。それだけでも大変なことですよ。だから偽りの期待を抱かせず、無用な落胆をさせないように、患者を待つ試練を彼らにくわしく説明しておくことが肝要です」

――ドニと初めて会ったときの様子を。

「彼の決意は固く、障害は大きかった。手術は当然の成り行きだと思いました。彼の考えはただ一つ、移植を受ければ自活能力を回復できる、だから、どれだけリスクが大きくともやってみる価値はある、それだけだった。義手には手を焼いていたし」

――試練の説明に対して、ドニはどのように反応しましたか。

「ためらいを生じたりパニックを起こしたり、ということはなかった。手を取り戻すことしか彼は眼中になかったのです。あらゆる試練に立ち向かう覚悟ができていた。移植自体うまく行かない場合があることも含めて、あらゆるリスクを、わたしはくどいぐらい説明しましたが」

――手術のあと、ふたたび腕の先端が包帯に巻かれているのを見るのは、心理的にかなり大きなショックなのではありませんか。

「ドニは、事故で両手を失った直後と同じ心理状態に陥りました。しかし、大きな違いがあった。両手を得たのです。まだ使うことはできなかったにせよ」

――彼はきっと、不安だったでしょうね。

「その不安は、移植された手が元は他人のものだったことに由来します。見掛けに生気がないこと、ドナーの手とレシピエントの腕の境目がくっきり見えることが、不安を招く。ドニの場合、ドナーの肌の色は彼の肌よりずっと白かった。死者と生者が、未知の他者と既知の自分が、気味悪くもそこに共存している。不安の発作は通常、初めて包帯を取り替えるときに起きます。表面化しない場合もあるが。ドニは最初の取り替えのとき、手を見ようともしなかった」

――この種の手術に、フランケンシュタイン的要素はないでしょうか。

「自分に移植された手を初めて見たとき、患者は大抵ぞっとするものです。腫れ上がった手、縫合糸、皮膚の斑点、二つの肌色の違い。視覚で認識したものに、彼らが否認で対抗しようとするのも無理はない。激しい精神的ショックを受けるため、やがて妄想が彼らの心を呑み込み、それもトラウマになる。これは一種の死体のよみがえりなのではないか、などという不気味な考えやイメージが心に浮かぶ。この手はやはり『他人の手』で、いつか勝手に動き出すのではないか。そのとき、何をするだろう。自分のいうことを聞かなくなり、それどころか自分を支配して、想像もつかないような、自分の隠れた欲望を実行してしまうのではないか。多くの小説や映画の素材になった妄想です。手は目に触れるので、妄想がなおさら現実味をおびる。このような妄想が生じると、わたしたちが心の拠り所にしている身体イメージの安定的な感覚が損なわれます。先ほど話したように、身体イメージは手を失うことによってすでに大きなダメージを受けている。それを修復するはずの移植手術が、初めのうちはイメージをさらに悪化させてしまうのです。そのうえ患者には、ドナーに対する心理的な負い目と、その手を自分のものにしなければならないのに外観は明らかに他人のものだという現実もある」

――加えてドニは手術の直後、他人に頼り切りの状態に戻りました。

「やむを得なかったのだが、義手を使って得ていたわずかな自立性も奪われた。つまり、一時後退の時期だった。患者がふたたび鬱に閉ざされてしまうのを避けるため、その期間をできるだけ短くしなければならなかった。しかしドニは、エドゥワール＝エリオ病院ですばらしい人たちに囲まれていましたよ。スタッフはだれもが彼に好意を寄せ、彼を助けようと精いっぱい努力した。彼が孤独ではなく、温かな空気に包まれていると感じられるようにね」

――手の同化は、どのような経過をたどるのですか。

「器官移植が実施されると、必然的に『心理的移植』も始まる。患者の心理的反発と妄想は、移植された手の見掛けと、それが思いどおりに動かないことに由来する。同化とは要するに、移植された手を飼い慣らして自分の言うことを聞くようにすることです。英語でも同じように、この過程をtame（飼い慣らす）と呼んでいる」

——自分の身体イメージを再構築する、ということですか。

「わたしに言わせるなら、それは人が思春期に経験するようなものだ。体の変化を自覚し、それに慣れることに似ている。この同化の時期は注意が必要です、否認と分裂という二重の問題にさらされるので」

——というと。

「否認は『この手が死体から採取されたことを自分は知っている』、しかし『それについては何も知りたくない』と考えることから生じる。精神が真っ二つに割《さ》かれるのです。矛盾回避のためのきわめて単純な手段で、心理学ではよく知られている防衛機制《メカニズム》の一つだ。非常に効果的なのだが、長続きはしない。どうがんばっても現実には勝てませんからね。人は耐えがたいことに直面すると、この防衛機制に頼る。しかし、つらさが強すぎて効果がないときもあります。そんな場合には、患者は夢とか幻想など他の防衛手段に助けを求める。あるいは悲嘆の中に閉じこもったり、呪術的思考［神仏への願かけなど］にすがったり」

——精神に分裂がある場合にしか、否認は働かないのですか。

「精神の分裂は矛盾を回避する手段だが、矛盾は解消されたわけではなく、現実によって絶え間なく認識させられる。たとえば、患者は『自分の手』と思いたいのに、看護人はしばしば単なる『手』という。

先ほど触れた、レシピエントがドナーに人格を乗っ取られるという妄想は、どんなタイプの移植手術でもひんぱんに生じます。心臓移植では、とくに多い。しかし手の場合は、どちらかといえば意識の問題です。

レシピエントが否認に向かうのは、自分のアイデンティティを確保するためだ。しかし否認を維持するには、膨大な精神的エネルギーを要します。そこで、苦しみや無自覚の願望の圧力に否認が負けてしまうことがある。たとえば、自分の腕の先についている『他人の手』で妻の体に触れたら妻は嫌がるのではないか、などと患者は危惧したりする。

否認はまた、家庭内もしくは社会的環境によって外からもおびやかされます。『死人の手とは握手しない』とか『おまえに取りつけられたのは女の手とちがうか』など、他人から加えられた攻撃をドニ・シャトリエが綴っている。こうしたささいな言葉がレシピエントを苦悩の淵に落とし、否認という防衛機制を危うくするのです」

――ドニは自分の手を上手に同化させていますか。

「患者が移植された手をコントロールでき、手を動かせるようになると、否認にすがる必要は減少します。ドナーの存在に対しても怖さが薄らいで、意識にのぼらせることができるようになる。

ドニの口癖を借りれば、彼に『再移植』されたのは彼の手なのです。彼の信仰心が、そこで大きな役割を果たした。この移植は神のご意志なのだから、かならず成功する。彼はそう信じ、そして彼の信念は揺るがなかった。実際に手術は成功し、手術の時からずっと彼は理想的な患者でした」

――この試練は、彼の人間性を成長させたと思いますか。

「そのとおり。第一に彼は、非常につらい肉体的試練を乗りこえた。リハビリで最初から見せた意志の堅さ、ある程度まで運動機能を回復するために払った努力、いずれも大したものだった。ドニは持てる力をとことん振り絞った。まさしくマラソン・ランナーでした。

もう一つ指摘しておきたいのは、彼が有名人になった事実です。彼には前もって警告しておいたのだが、メディアは時に彼を喜ばせるより苦しめた。これほど大きな意味のある初の科学的成果は、世界的な反響を呼ぶものだ。無名人から一夜でヒーローになるのは容易なことではない。彼の住む町は彼の噂で持ちきりになり、そのことは周りの人々にかならずしも快くは思われなかった。

名士になったドニは、いまでは職を得て安定した社会生活を送っている。最近、結婚もした。自分の体験を他の障害者の役に立てられると信じている。それこそが、最高の成果かもしれません」

——ドニは信心が嵩じて、自分が不死身になったと錯覚したり、無分別な行動に出たりする怖れはありませんか。

「彼は自分の手のもろさをよく知っていて、腫れ物に触るように扱っている。だから、そんな怖れはないでしょう」

謝辞 I

人間味にあふれ、広い心を持った一人のすばらしい男性に、わたしはまず特別の感謝をささげたい。彼はわたしに全面的な信頼を寄せ、忍耐と献身的な努力と根気強さを示してくれた。その男性とは、ジャン＝ミシェル・デュベルナール教授だ。教授がいなければ、わたしはいまもっとも大切なものになっている人生を人並みに歩むことはできなかった。教授をわたしは、兄のように思っている。心からの抱擁を送る。

フィリップ・アンリ医師にも、感謝をささげる。先生がいなければ何も始まらなかった。わたしの大冒険に最初に関わったのは、先生だ。

わたしのドナーと、その遺族にも感謝を。彼らのことは、片時も忘れたことはない。リヨンのエドゥワール＝エリオ病院V2病棟の看護スタッフ、あの偉業に立ち会い、その成功に寄与したすべての人々、そしてリヨン市の女性ソーシャル・ワーカーたちに感謝を。わたしの命を救ってくれた父、わたしの兄弟と姉妹たちに感謝を。わたしの財産であり宝石である子供たちに感謝を。天の恵みであり、わたしの導きの星である妻アニックに感謝を。わたしに付き添っていつも力づけてくれたマリー＝ピエール・オボワイエと、わたしのペンとなって手記執筆を可能にしてくれたアンヌ・デイヴィスには、とくに大きな感謝をささげる。

ドニ・シャトリエ

謝辞　II

わたしを信頼し、手記執筆に同意してくれたドニ・シャトリエと、出版を引き受けてくれたニコール・ラテースに、熱烈な感謝をささげる。取材に快く応じ、便宜をはかってくれたジャン＝ミシェル・デュベルナール教授と医療スタッフのみなさん、マリー＝ピエール・オボワイエ、ガブリエル・ビュルルー博士、パルミーナ・ペトルッツォ博士、アンジェラ・シリグ博士、フィリップ・アンリ医師に、大きな感謝を。わたしを支えてくれた友人たち、マリー＝クリスティーヌ・ドプランとアリックス・ド・サンタンドレにも大きな感謝を。そしてジャン＝フランソワ・ステネールには、とくに大きな感謝をささげる。

アンヌ・デイヴィス

訳者あとがき

手は空気のようなものだ。私たちは普段、手を何気なく使い、そのありがたみを意識することはない。しかし手を失った途端、人はいやというほど不自由になる。「自分一人では靴下もはけない」という著者の言葉が象徴的だ。

巻末の医師のインタビューに、興味深い指摘がある。手は脳とコンビを組み、脳の働きを徐々に改良してきた。人類がここまで進化したのは、多分そのおかげだという。つまり、手を失うということは人間存在の根幹にかかわる重大事なのだ。

これは、事故で両手首を吹き飛ばされた男の失意と再生の物語である。男は世界で初めて、両手の同時移植を受けた。手術のために現代外科医学界の総力を結集した医療チームが組まれた。手術は成功し、男は日常生活に復帰する。復帰しただけではなく障害の克服をつうじて無知な街のチンピラからまともな市民へと成長していく。

ただ、訳者を含め、医学の専門家ではない一般読者にとって、よりおもしろく読めるのは、男の周辺におのずと表れるフランス人気質だ。彼は両手移植を受ける前に、まず義手を作る。しかしその義手はサイズが長すぎた。すると作製した病院は、腕の方を切り詰めようと提案してきたという。

日本人なら絶句するようなトンデモ話だが、これがフランス人の流儀なのだ。彼らはダメ元で、とりあえず自分に都合のいい主張をする。当然のことに図々しい人間、恥知らずな人間ほど得をし、気の弱い人間、良識ある人間は一方的に損をすることになる。だれしも損をしたくないからフランス人は隙を見せないよう、常にピリピリ神経を立てている。フランス社会は、どこかのんきな日本とは対照的な相互不信社会だ。街の空気がギスギス険しい。その一因は、この辺りにあるのではないか。

著者はロマ（ジプシー）である。ロマが受けている差別、差別されたコミュニティ内の過酷な日常も、かいま見ることができる。世界初の手術でいちやく有名になった著者に対し、周囲はすさまじい嫉妬と敵意をむき出しにする。これは、現代フランス社会の一面を切り取ったノンフィクションとしても読める一冊であろう。翻訳の機会を与えてくださった清流出版企画部長・藤木健太郎氏にお礼を申し上げる。

２００９年11月　訳者

【著　者】ドニ・シャトリエ（どに・しゃとりえ）
世界初の両手同時移植を受けた男性。一九六六年十月十四日、フランス・シャラント＝マリティーム県サン＝ジョルジュ＝ド＝ディドンヌ生まれ。ロマの血を引き、それを誇りにしている。盗みで少年院にいれられるなど素行不良だったが、事故で両手を失い、世界最初の両手同時移植の手術を受けると、信仰に目覚め、「生きる情熱」を支えに、幾多の困難を乗り越えた。手記は、多くのフランス人を感動させ、ベストセラーになった。

【訳　者】蒲田耕二（かまた・こうじ）
音楽評論家・翻訳者。愛媛県今治市出身。東京外国語大学フランス科卒業。出版社勤務を経て一九七六年からフリー。各種音楽誌でレコード・CD評を書き、NHKラジオで音楽番組の構成とDJを担当。音楽書執筆と同時に数々の翻訳書を著す。自著の『聴かせてよ愛の歌を—日本が愛したシャンソン一〇〇』（CD付）と『歌劇場のマリア・カラス—ライヴ録音に聴くカラス・アートの真髄』（CD付）は内容の質の高さと添付CDの録音の良さで、高い評価を受ける。訳書に『マリア—回想のマリア・カラス』『ライザ・ミネリ　傷だらけのハリウッド・プリンセス』『スーパーマンからバットマンまで科学すると』など多数。

神さまがくれた手

——奇跡の両手移植

二〇一〇年二月九日　初版第一刷発行

著　者……ドニ・シャトリエ
訳　者……蒲田耕二

発行者……加登屋陽一
発行所……清流出版株式会社
東京都千代田区神田神保町三—七—一
〒一〇一—〇〇五一
電話　〇三（三二八八）五四〇五
振替　〇〇一三〇—〇—七七〇五〇〇
〈編集担当・藤木健太郎〉
http://www.seiryupub.co.jp/
印刷・製本……図書印刷株式会社
乱丁・落丁本はお取替えいたします。
ISBN978-4-86029-312-3